杨庆鸣 著

凌霄花开

南方出版社
·海口·

图书在版编目(CIP)数据

凌霄花开 / 杨庆鸣著. —海口：南方出版社，2023.3
ISBN 978-7-5501-8112-0

Ⅰ.①凌… Ⅱ.①杨… Ⅲ.①散文集-中国-当代 Ⅳ.①I267

中国版本图书馆 CIP 数据核字(2023)第 037659 号

凌霄花开
LINGXIAO HUAKAI

杨庆鸣　著

责任编辑：姜朝阳
封面设计：倪浩文
出版发行：南方出版社
地　　址：海南省海口市和平大道 70 号
邮　　编：570208
电　　话：0898-66160822
传　　真：0898-66160830
经　　销：全国新华书店
印　　刷：广东虎彩云印刷有限公司
版　　次：2023 年 3 月第 1 版
印　　次：2023 年 4 月第 1 次印刷
开　　本：880 mm×1230mm　1/32
印　　张：9.25
字　　数：159 千字
定　　价：48.00 元

序

陆永基

庆鸣嘱我作序的时候告诉我,这已经是他的第6本文集了。

这让我很惊奇,也很惊喜,便自然回想起了与他第一次接触的情景。

那该是10多年之前的事情了。是由一位文友介绍来的,说是建筑系统的一位干部,爱好文学,很希望能够接触文学界。

当时的庆鸣很年轻,谦虚得还带点腼腆,几乎都是我那位文友代他说话。待坐下来聊起文学话题,眼神就有光彩显现出来,虽然仍然不多说话,但神情的反应都是对路的。特别是说到文学风格技巧方面一些微妙之处,反应还相当灵敏。这就让我感觉到,此人有文学禀赋,只要努力,该有所成。

没有料到,就在那之后不久,不仅报刊上时见庆鸣有作品发表,许多的文学活动,也都能看到他的身影。那样子既活跃又虔诚,纯然一副全身心投入的状态。

世上的事情，只要全身心投入了，必定会有与之对应的效果，文学也是这样，庆鸣该就是一个很典型的例子了。

庆鸣的这本集子有5个小辑，分别为"岁月片羽""四季风物""对酒当歌""域外走笔""人物素描"，文章约百篇。

阅读过后，忽然生出一个念头。这念头无关文章的专业技巧，而是带点超然地想到了文学到底有些什么确切的意义，贴实地说，于庆鸣到底意味着什么。

仅就这约百篇文章就能感觉到，它们几乎全方位呈现了庆鸣这些年来的所历所闻所思所想，他整个的生活状态和身心沉浸。

记得前几年，我曾经给过他一个建议（文学上的建议往往是不堪的），大意是让他为文时能够注意"求异"。他或许听进去了，或许没有听进去，更大的可能是听进去了之后觉得还是该按原有的路子走。

现在看来，他是对的，至少于他而言是对的。因为，在这些文章里，我看到了庆鸣的舒展——思想的、情感的、见识的。而许多蕴育内心的情愫终于能够借以畅发，这舒展就是由衷欢愉的了。

譬如以"木质牙签"表达对父爱的感恩；以共唱

《红梅赞》表达对母亲的敬重；历数留芳声巷种种往事来表达深衷的乡愁，"素描"些人物来表达认知的视角。即便说些"姜丝""药酒"之类的事，也能表达自己一些颇为得意的"独见"。

关于文学艺术的本源，有一个相对的共识，那就是"杭育杭育说"。意思是文学艺术的发端来自人类生活劳动时自然畅发的声响。这声响无论欢快还是哀怨，于精神和心理都是一种慰藉，有着本质意义上的美感。久而久之，就成了一种不可或缺的需要。

庆鸣的这些文章，尤其是他在专心从事文学写作后的状态——在我感觉里，与10多年前相比，无论生理外貌还是精神气质，似乎都更有生气，更有活力——无疑印证了这一说法。

鉴于这些认识，我觉得庆鸣还是该继续按他既有的路子走下去。文学虽然有"共享"的属性，但第一要义还是个人的情思抒发。悟得了这点，也就悟得了文学的真谛，进而确定走什么路子都是不会有错的。

就这么看这本文集，我想，除了文学的意味，或许还能予人更多的启迪。

（陆永基，江苏省作协原副主席、无锡市作协原主席、《太湖》原主编，国家一级作家。）

目 录

岁月片羽

悠悠小巷留芳声 ································ 2
父亲的牙签 ···································· 7
娘心 ··· 9
礼在尼山 ····································· 11
凌霄花开 ····································· 14
草原素描 ····································· 17
想起风纪扣 ··································· 20
听书 ·· 22
寿碗 ·· 25
无姜丝不吃面 ································· 27
江南一燕 ····································· 30
多浪湖阔鱼儿美 ······························· 32
独一无二的旱莲 ······························· 34
漫步交大 ····································· 36

新闻的生命贵在真实	39
白塔秋色	41
买扇记	43
又到"世界读书日"	45
西沙群岛　心中之梦	47
吟古诗　过春节	51
市歌征集往事	53
"阿大"逃生记	56
唐宋词中的江南	58
新中国成立前无锡市政建设速读	61
蜡梅花开	67
木屐与布鞋	69
云丘山上柿子红	72
青山绿水醉江南	74
走进春天的菜市场	78
别样的早上好	81
书是无所不包的高等学府	84
快乐仍留心中	86
迷人的双月湾	88
你去过海龟公园吗？	90
春雨　春风　春寒	93
春日茶思	95

石榴花开 ……………………………………… 97
西瓜子与五香豆 ……………………………… 99
春雨蒙蒙梦江南 ……………………………… 102
春　语 ………………………………………… 105
话说七夕 ……………………………………… 107
让人感动的是，九十岁的他还送书给我 …… 109
夜游拙政园 …………………………………… 111

四季风物

蕈油面 ………………………………………… 114
元宵"走三桥" ………………………………… 116
食虾 …………………………………………… 118
笋夫豆 ………………………………………… 120
油豆腐酿肉 …………………………………… 122
再见三月　握手四月 ………………………… 123
今日话惊蛰 …………………………………… 125
谷雨时节话谷雨 ……………………………… 127
话说芒种 ……………………………………… 129
话说夏至 ……………………………………… 132
蚕豆花开紫悠悠 ……………………………… 136
端午话"三叶" ………………………………… 139

四角菱 ·················· 141
金秋绝味面拖蟹 ·········· 144
秋俗 ···················· 146
常州美食三味 ············ 148
久违了，香榧子！ ········ 150
寒露 ···················· 153
数九寒天话小寒 ·········· 155
芋头 ···················· 157
你吃过桴栎粉皮吗？ ······ 159
阳山二题 ················ 161
口福之雅 ················ 163

对酒当歌

歌声中的美酒 ············ 166
普洱醉人何必酒？ ········ 170
唐诗里的酒 ·············· 173
端起药酒慎尽欢 ·········· 177
喝酒是一种心情 ·········· 179

域外走笔

哈佛拾穗 ·················· 184
加拿大枫糖餐 ·············· 187
伊朗、土耳其游记 ·········· 189

人物素描

托起制造业皇冠上的明珠 ······ 202
工装阀门映辉煌 ············ 218
古德电子　科技骄子 ········ 231
直挂云帆济沧海 ············ 236
工业园区的拓荒者 ·········· 242
航模冠军张红军 ············ 250
好人福鹏 ·················· 253
陈荣杓剪影 ················ 259
人老笔健硕果累 ············ 262
小小"箸"中有乾坤 ········ 266
弦索雅韵谱新声 ············ 270

岁月片羽

悠悠小巷留芳声

逝去的岁月，无锡城里有数不清的里弄小巷，岁月的痕迹就散落在大小巷陌中，它们是留芳声巷、百岁坊巷、小娄巷、大娄巷、欢喜巷、镇巷、福田巷、惠巷、升平巷、五姓巷、荣巷……磨剪刀、修洋伞、卖甜酒酿、卖棒冰、收旧皮鞋的吆喝声，不绝于耳，叫声喊声串起了巷子长长的脚步。

我住在留芳声巷的老宅里几十年，是在过去龟背形的无锡老城区地图里。这个巷子虽老，但文脉悠久，书香甚浓。这是新中国成立前新生路上最大的一条巷子，可与盛巷、小娄巷、大娄巷、镇巷、东河头巷、欢喜巷、槐树巷、睦亲坊巷相媲美，巷子的名字"留芳声"在诸巷中也是最美的，让人追忆。

江南多小巷，小巷多老宅，而老宅里常常有一条又深又长的弄堂。我家住在留芳声巷44号中弄22号，是一个杨氏大宅门，44号门里有东弄、中弄、西弄，每个弄内住了20多户人家。"文革"期间，杨家祠堂遭毁，牌位被推翻。"文革"后，推行经租房，在原有杨氏大家族的基础上,又衍生出不少新户头,成了城中又一处"七十二家房客"。

中弄是荣毅仁夫人杨鉴清的祖居,她是无锡名门杨干卿的女儿。杨干卿系杨氏宗谱迁城第十世公支。1932年,荣杨两家订下亲事,当时荣毅仁十六岁,杨鉴清十五岁,三年后举行大婚。荣毅仁儒雅俊逸,杨鉴清才貌出众,两人一见倾心,经媒妁之言而结成佳偶,他们的婚姻浪漫而富有传奇色彩。

巷子中弄20号内还住着一位在江浙沪一带颇有名望的人物——蒋锡麟。他在无锡时名不见经传,但后来在上海滩逐渐声名鹊起,原因是1992年自费创办了一份评弹小报《老听客》,发行量一千多份。这是一张专门传播评弹艺术的小报,介绍评弹方面的信息、报道、名家名段、流派唱腔、各地演出近况和评弹的发展、新老演员情况等,深受江浙沪评弹爱好者的欢迎。《老听客》的发行,都是靠老听客们寄去邮票,再由蒋锡麟寄出小报。评弹爱好者的青睐,是他自费办报的动力。当年,我父亲常投稿《老听客》,均被录用。蒋锡麟先生属于茶壶里有货却倒不出的那类人,不善言辞,但学养和编辑功底却很深厚,他曾拜师于著名评弹艺术家邢瑞庭。如果说无锡才子钱同朋创办的《广播书场》是空中电波、梁溪雅韵,那么,才子蒋锡麟也是评弹界的知音和翘楚。

西弄内住着一位民国乡贤、著名书法家，名叫张涤俗，他平生以临池为乐，擅长行书和小楷，行书宗王右军、颜鲁公，小楷出入晋唐之间，典雅隽永，还通晓音韵，是江南诗词学会的发起人之一。张涤俗生前任无锡书画院画师，他创作的条幅经常在公花园同庚厅、蠡园、鼋头渚等处展出，书画立轴，在20世纪70年代时，每平尺已可卖到一千元左右，香港书画拍卖市场也常闻其作品的落槌声。

留芳声巷的老弄、老宅，文脉悠久，文韵浸润，仅44号一个门牌内，就已可圈可点。邻近的门牌内还有许多知名人物。有《二泉映月》的记谱者、中央音乐学院教授、著名音乐家杨荫浏，著名计算机软件专家、中科院学部委员、北京大学计算机科技系教授杨芙清，还有薛祖康，他是著名企业家、永泰丝厂厂长、缫丝工业局以及机械工业局高工……住在这条巷上，仿佛置身于历史尘埃的岁月长廊中。

透过老宅漏窗，欣赏老巷住宅天井里微缩型的江南园林美景，泉水叮咚，太湖石瘦，白兰花、茉莉花、夜饭花、桂花的清香，在不同季节飘进漏窗，穿过弄堂，散发得很远很远，收音机里不时传来吴侬软语……

我在小巷文化浸润下长大，小巷给我留下了许多难以忘怀的童年记忆。小时候，中午吃完饭，饭碗一丢，跟大人说去上课了，其实，是"野豁豁里"找小伙伴们玩耍去了，弹玻璃球、打木陀螺、甩香烟纸牌、滚铁环、穿庭园假山、"争上游打四十分"、捉迷藏……巷子暗黑悠长，却不觉黑，在那里消磨着孩提时的课余时光，上课时间一到，满头大汗，小手乌黑，心里却悠然舒心，想着明天还要再在幽深的弄堂里"探险"……

那井，夏天是沉落西瓜消暑的最佳空调；那收音机里的评弹，有琵琶弦子陪着我酣然入梦；那弥漫着红木花窗的味道，穿过我懂事的心田。那雨巷，不就是戴望舒笔下的《雨巷》吗？有淅淅沥沥的小雨，有唯美寂寥的诗意，有油伞飘过的芳香。我常常在梦里寻找着逝去的小巷、老宅、古树和童年，小巷穿过时间隧道，人会老去，青砖会老去，但小巷不该老去，因为它刻着古老的印记，深深地印在我的脑海里。从前，主妇们倚着门槛，边织毛衣，边唠家常，张三家生了娃儿，李四家娶了媳妇，不用打听，巷里的事情全知道。

我是来寻梦的，寻找童年的梦。这些文字，是文化寻根，也是精神返乡。今天，留芳声巷因城市改造，历经风雨磨洗、时光雕刻,已成东河花园一隅,旧貌不再。老宅那斑驳的花纹、高高的马头墙、深深的古井、古朴的松树早已荡然无存,唯有老照片、老档案记录下那些熨帖的日子。

扶墙而立,思绪万千。小巷,是一首婉约清丽的小诗,是古朴散淡的画卷,无论城市容颜如何更迭变化,将永远镌刻在我的记忆深处。在岁月的时光里,小巷永远流淌着诗意、灵动和芳馨。

凡是过去,皆为序章。一个巷子,名人才俊众多,颇值得探究。慎终追远,唯愿留芳声巷的文脉得以延续,深植于乡土的文化能在时代的前行中得以传承并烙下属于自己的印记。

父亲的牙签

总有一些东西,是岁月所消融不了的,就像藏在冰灯里的爱。冰灯虽然融化了,但那种情却滋润在我的心田,让我的心不会干涸。

我有个不好的习惯,即饭后要剔牙,凡食用药芹、韭菜、牛筋、精肉之类会嵌入牙缝,故逢此即用牙签。过去常用木质牙签,是父亲在世时带给我的,量较多,但十余年下来,早已用完。

用到牙签,就想起父亲。父母亲长期居住在常州。过去,每年父母亲会到无锡我这个小儿子家住上七到十天。来时,父亲常带给我一些木质牙签,我很喜欢。原因是我习惯使用木签,虽木质牙签较脆易断,使用起来很浪费,但有柔韧性,进退自如,不像竹签偏硬,易伤牙。

有一次,父亲带来的是散装牙签,我便问道:"怎么会有散装的?"他说:"有朋友在牙签厂,送给我的。"哦,原来如此。尽管牙签不值几个钱,但朋友真情贵如金。

现在市场上几乎买不到木质牙签，尽是竹签，甚是遗憾。

十分怀念父亲，想念父亲，是父爱引发我连绵的思念。说一根牙签就能品味出父亲的味道，也许让人不能理解，但我相信父亲对儿子的特殊情结，只在他自己的心里，从不言说。

父母来无锡小住几天，常带我去功德林吃素面，我已有工作，也有一份微薄的工资。到了店里，他总是抢着付钱，钱是小钱，其实是做父亲的一份温情。

父亲很节俭，从不打的，七十多岁还骑着自行车出门办事。

父亲是一本读不完的书，每一页里都写满直爽、真诚与博爱。每每阅读父亲，我的心都会泛起阵阵涟漪。一根牙签，藏的是一份父爱，一份对生活的态度。从父亲身上我学到许多许多。

父爱，伟岸如山。

娘　心

有一种温暖叫回家，回家的感觉真好。

我的家在无锡，我的家也在常州。因为，母亲在常州，在幸福天年养老院。有母亲在，家就有欢聚的平台，就有相聚的最高仪式感。

年初三夜里的一场大雪，打破了我的出行计划。原本计划年初四我和妻子、女儿、女婿全家开车去常州母亲那里过年，因路面积雪受阻，临时改为乘高铁去。母亲早已准备好当天要作为"领导"讲的几句开场白，还练歌准备要唱《红梅赞》《花好月圆》两首歌，但实在年纪大了，已到了鲐背之年。年初四上午，母亲感觉身体有些不舒服，她平时有心脏病，加上天冷路滑，家里人从安全考虑，决定让母亲还是留在养老院为好，没有去酒店赴宴，大家感觉这样才放心。当然，全家欢聚同样开心热闹。餐桌上欢笑荡漾，推杯换盏，方鸣胞兄还起头领唱《红梅赞》，大家齐唱，遂了母亲的心愿。

母亲，1956年入党，那时我还没出生呢，她的党龄至今已有六十多年。《红梅赞》歌词大家非常熟悉："红岩上红梅开，千里冰霜脚下踩，三九严寒何所惧，一片丹心向阳开，向阳开。红梅花儿开，朵朵放光彩，昂首怒放花万朵，香飘云天外，唤醒百花齐开放，高歌欢庆新春来，新春来。"在春节，选唱此歌应景应市，很合适，歌词中的意思也蕴含母亲不忘初心，始终对党赤胆忠诚。我下午去养老院看她时，她当着我的面居然说："庆鸣，要听党的话，好好工作。"我的妈妈呀！我深深理解了您！

母亲，在养老院是有代表性的老人，原因是思想开通，年纪最大（92岁），党龄最长。去年七一，养老院举行建党周年座谈会，她的发言最到位，博得院领导和所有老人的热烈掌声。院领导拿她当模范，一有上级领导莅临检查，先到她房间。同屋近九十岁的姚婆婆人缘也好，两人结下浓厚的情谊，一道颐养天年。

当我下午要告别母亲时，她在大儿子方鸣的搀扶下，非要送我到电梯口。母亲毕竟年事已高，走路蹒跚，我的心里满是不舍。

电梯的门关上了，但母子的心是紧紧连在一起的。

家是岸，是墙，是靠岸的肩膀，而母亲永远是一把宽厚的大伞。

礼在尼山

灵山与尼山相距约六百五十千米,从实距来讲,不算遥远。从无锡东站乘高铁,赴山东曲阜仅需三小时十分钟。离己亥春节还有半月余,文化旅游采风团一行二十人,一起去山东曲阜尼山,拜谒先圣孔子诞生地。一下火车,站台内过道里就醒目张贴着"有朋自远方来,不亦乐乎"的横幅。

到了曲阜,虽然齐鲁大地寒冬凛冽,河水已结冰,但并不感觉冷,因为心中有"诗和远方",再加上明月皓洁,精神十分振奋。

尼山圣境离曲阜东南二十五千米,孔子诞生于尼山。这儿的景观有孔子像、大学堂、耕读书院群落和儒教文化主题体验区等,无处不给人以流连忘返的感觉,但最令我记忆深刻的是礼敬先师仪式。

孔子被誉为"世界十大文化名人"之首,是中国儒家学派的创始人,弟子三千,美名远播,成为九州大地敬仰的"圣人",被誉为至圣先师,万世师表。在高大的孔子立像前,整个团队,穿上礼服,举行礼敬先师仪式。团长王洁平先生最为虔敬，率先换了礼服。众嘉宾共聚于圣人脚下，虔诚"释菜"，一起感悟儒教思想的精髓。

尔后我们又学习了一招：揖礼。所谓揖礼，即相见礼。起源于周代以前，距今已有三千年以上的历史。武王伐纣灭商，建立周朝。武王死后，其子周成王年幼即位，由叔叔周公旦摄政。摄政的周公采取许多措施巩固政权，建立了周朝各项典章和礼乐制度，确立了以宗法制度为中心的政治体制。此后，揖礼大行于天下。

标准的揖礼很有讲究，随着主礼者的口令，全体端正站立，神情肃穆，两肩放松平行，两腿直立。两脚呈八字站立，然后双手呈圆形环抱状，左手在外，右手在内，手心面向自己，与心平齐，两大拇指自然平齐相对，俯身推手时，双手高举齐额，俯身约60度，起身时恢复立容，交手放于小腹前。

各位看官，如果您置身于那场景，将上述仪轨练习一遍，感觉如何？这就是中国礼仪，这就是礼仪中国。

诚然，接下来才是礼敬先师仪式。主礼者言：吉时到，请观礼嘉宾整冠肃立，参礼嘉宾就位。此时，我往后一看，后面又多了很多小学生，也站立其中参敬先师。

仪式由主祭官（团长）敬香，陪祭官敬香、献爵、献帛，主祭官致祭文，全体参礼嘉宾集体向大成至圣先师孔子行三揖礼等六项。众三拜，即礼毕。至此，主礼者会说"祝各位嘉宾心想事成、前程似锦，学者金榜题名、功成名就"，最后请主祭官、众嘉宾退班。

复杂而又庄严的礼敬先师仪式，让我印象深刻。行礼并非仅仅是简单的复制和膜拜，其精髓是不忘孔子、理解孔子、学习孔子学说，从礼仪中更加接近先圣伟大的心灵。通过礼敬先师，让我们在困厄之中，仍保持乐观态度，不忘初心，继续前行，弦歌不辍。在"礼"字体系下，修己以安人，尊师明礼，心怀敬畏，体会并传承文化魅力，传承礼乐文化。

在去大学堂的路上，立有"德不孤，心有邻"的标牌。孔子认为，若有仁德则必有善邻，勉励人修身养德。

尼山之行，文旅融合。我又想起余秋雨的话：旅游是加强生命质量内涵的方式。

礼在尼山，更在九州。

凌霄花开

夏日的凌霄花迎风招展，更显其俏美与风仪。

我以前不认识凌霄花，但知道这种花的名字。今天下班回家，因新村小区东门路面改造，遂进新村大门后改变了原来回家的路径，穿越另外几排的楼房时，突然发现有一种从未见过的花，花既红且大，蕊中流香，花冠呈漏斗形，借气生根攀缘向上生长，实在稀奇。我即拿起手机，用"形色识花"小程序，先鉴别出花名为凌霄花，又从多个角度照了好几张。

凌霄花的花语为敬佩、声誉，寓意着慈母爱心。是不是巧合，我刚从常州看了母亲回来，就认识了凌霄花。

花，很大；色，特别红艳；味，芬芳流播。

我看，我拍，我闻，我惊叹。

立在枝上的凌霄花，顾盼生姿，让人欣赏。

它尽情地享受人间蜂拥而来的爱，它也慷慨地把美呈献给人间。

把凌霄花比作母爱，我十分认同，我还要把凌霄花比作姑嫂之爱。

我的母亲属龙，生于1928年，现居常州幸福天年养老院，平时由兄姊们悉心照料。我的大姑妈与她同龄，原来在台湾生活几十年，2006年从台湾回大陆定居，身边无子女，原住稻香新村，与保姆住一起。今年2月，突然发病晕倒，经抢救幸而保住了性命。现住建筑路上的朗高护理院，这是一家全护理型的养老院。

大姑妈本名杨月华，小时候我母亲叫她"杏花"，自从母亲结婚后，大姑妈就称呼她"文英嫂嫂"（母亲贾美英，曾用名贾文英），母亲则称她为"月华妹妹"。1986年大姑妈第一次从台湾回大陆后，我一直听到她们之间是这样称呼的。

我们平常生活中，兄弟、姐妹、姑嫂、妯娌、连襟之间，一般都是直呼其名的多，这也无可非议。每人总归有个大名或小名、昵称，连名带姓称呼也完全可以，并不影响家庭间的情感。然而，我从母亲与大姑妈之间的称呼来看，她们之间情义深笃。

日前，已被拆迁的留芳声巷老邻居相约聚会，饭后约了去唱歌，其中有一对兄妹，妹称哥"康宁哥哥"，哥称妹"小琴妹妹"，上来乍一听好别扭，其实，在他们家里习以为常。

时代在发展,称呼也在变化,或许,传统意义上的伦理、辈分、尊称等有些已被抛弃到角落里了。

今读聂荣臻元帅在留法时写给母亲的信,信末落款为荣臻跪禀。读后不禁动容!

新村里的凌霄花还在绽放,光华烨烨,娇嫩的苞里储满了晨光与希望。这一刻,我感到教养的芬芳在新村内、在家里、在养老院中、在信上、在亲人之间弥漫。

凌霄花只要主人呵护,就会次第开放。传统美德也需要人们薪火相传。

草原素描

巍巍兴安岭,滚滚呼伦水,千里草原铺翡翠,天鹅飞来不想回,呼伦贝尔美。这是我于2013年第一次去呼伦贝尔的印象。

呼伦贝尔素有"绿色净土""北国碧玉"之称。世人一提起呼伦贝尔,脑海中就会浮现出一幅风景画:芳草萋萋,花朵艳艳,河流弯弯,湖泊晶莹,牛羊成群,毡房簇簇,奶茶飘香,扒肉肥美,美酒醇厚……这一切,无不令人陶醉。

茫茫草原是牧民生活的舞台。过去到呼伦贝尔,看到的是牧民骑着马,拿着一根长长的竹竿,用绳子牵住放羊。而今,牧民只要用手机就可以放羊了,原来是给头羊的脖子套上了定位器。早晨把羊放出去,羊群在八百六十万平方米草场上的活动情况,在手机上便一目了然。三十九岁的牧羊人朝鲁门五年前就用上了羊群卫星定位跟踪系统,不用再整日跟着羊群跑。他每天早上赶羊出圈,傍晚打开手机,进入电子围栏放牧系统,在电子地图上找到羊群位置,骑上摩托车很快就能找到并赶回羊群。

智能手机正迅速改变世界。以前,草原上的人们,盼着邮递员送来远方亲友的消息,而现在的牧民盼着快递员送来网购的东西。浏览理财产品,观看搞笑视频,展示草原美景,关注娱乐资讯……以前总是盯着羊群发呆的牧民,如今很少有抬头的时间。草原深处,网络给游牧迁徙生活带来巨大乐趣。现在,家里来了客人,最先问的就是:Wi-Fi密码是多少?

移动互联网不仅缩短了偏远草原与世界的距离,也正加快传统牧民奔向现代社会的步伐。在蒙古包的前后,都安装了各种信号接收设备。一根根颇具现代感的天线与周围茫茫的原野、成群的牛羊形成鲜明对比。

移动互联网改变了天地,在那遥远的地方,与马羊群做伴,朵朵白云成了看风景的客人。

确实,这里的草原可以沉淀你的心灵,也可以放飞你的梦想,它是梦开始的地方。

草原值得赞美。然而,当我走过内蒙古、青海、新疆等地,也看到当地生态有一步一步恶化的状况。有些地方,沙逼人退,已经退到了黄河边上;沙进草死,昔日高可没人的草原,现在连骆驼都没法生存。部分牧区正在退化,骆驼在减少,草原无草,保护草原生态环境迫在眉睫。最怕成群成群的羊吃光了成片的牧草，肥美的草原变成了荒漠。面对满眼的黄沙，草原在哭泣，骆驼在哭泣，每一颗热爱草原的心在哭泣。

耕地减少，草原退化，土地沙漠化，沙漠加快了向人类进军的步伐。臭氧层被破坏，地球变暖，酸雨肆虐，流水泛滥。在今天的地球上，每天都有一两种植物消失，每十五分钟就有一种生物灭绝，人类正面临空前的生态危机。

除了礼赞草原，更需要保护好草原和森林资源。

我的眼前总有一幅美景，我的耳畔总有一支赞歌：那就是草原！蓝天、绿地、白云统帅着草原的一切。

愿每个人的怀抱里有一颗草原之心，也都装着一片森林。

想起风纪扣

　　风纪扣，对于年纪轻点的人来说比较陌生，这里需要先解释一番，它虽不能说已全部退出了我们的生活，但与绝大多数人的确不太相干，原因是现在的人不大穿中山装、解放装。过去穿上两装，必有风纪扣扣住领子，看上去人就毕恭毕敬，正气凛然。

　　风纪扣不像纽扣，确切讲，就是钩，左面是凹扣，右面是挂钩，两边一扣，形成风纪扣。词典里解释：制服领子上的钩和钩眼。它是用金属细丝做成，处在制服最上一颗纽扣再往上的位置，就嵌在领子里，一边是眼，一边是钩，相当隐蔽，不注意就好像不存在，却将领子关得严丝合缝。男士穿中山装或解放装显得十分精神，并且有正气。

　　20世纪80年代初，我的同事，正值风华正茂，刚走上领导岗位，就穿了一身中山装，上衣口袋插了三支钢笔。他雄赳赳气昂昂的，令其他同事刮目相看，暗处的风纪扣功不可没啊！

　　孙中山先生设计的中山装，代表大国形象，周恩来总理常穿它会见外宾，其风纪扣连高级摄影师都难以拍到！

随着时代发展，生活多元化，西装、休闲装……应运而生，给生活增添了色彩，穿着越发多样，风纪扣已渐渐淡出人们的视线。

风纪扣"荣光"不再，但正风、正纪，永不过时，永不黯淡。

听 书

评弹是评话和弹词的合称。为与其他地区的评话、弹词相区分，又称"苏州评弹"，称弹词为"小书"。两者又俗称"说书"。"小书"味道浓，说、噱、弹、唱十分热闹，以理、味、趣、细、技为艺术特色，以三弦、琵琶为主要乐器，加上各种调门和流派唱腔，有"一曲百唱"之咏叹。如说到情景描写《琵琶行》中"大弦嘈嘈如急雨，小弦切切如私语。嘈嘈切切错杂弹，大珠小珠落玉盘。间关莺语花底滑，幽咽泉流冰下难"时，会让听众进入诗一般境界，使人动情。而听大书也很有味道，"欲知后事如何，且听下回分解"。这是当年刘兰芳播讲《岳飞传》《杨家将》等长篇评话时，每至精彩处给听众留下的悬念。

评话，元代叫"平话"，北宋时已很流行，后改称为"评话"，原因则因其批评史事，说书话史，故名。曾记得有几次我是丢下书包，捧着饭碗，倚着窗棂，在有线广播下收听刘兰芳说书，也叫听北方评话，统称"听大书"。有时中午漏听，就像损失了千军万马，甚为遗憾。听着听着，会和小伙伴争论人物命运和结局，大大丰富了学生时代的业余生活。

如今，手机上网，目不暇接，连电视都很少看了。遥想四十年前，收音机、有线广播是文艺节目的主旋律，而听"长篇评书"是很多人雷打不动的保留节目，用现在话讲叫"铁粉"。

岁月匆匆，一晃几十年了，青年时代听说书的情景依旧清晰地留在我的脑海里。

叔叔是我听书的启蒙老师。1976年我高中毕业待分配时，叔叔带我到上海南京路上的战友剧场听评弹《红楼梦》，开场还第一次听到开篇《宝玉夜探》，一声"隆冬寒露结成冰……"，当时什么都不懂，后来才慢慢理解"大书一股劲，小书一段情"。现在再来理解，这句话仅讲对一半，如果说大书完全是劲，岂不是变成卖拳头了，应该说，大书、小书，情都是第一位的，有情才能入戏，有故事才能入胜，听书才能入迷。

有时候，碰到熟人，他会对我说："你是吃墨水的人，总会讲点道理。"其实，我也是听书听来的，无非是森林里掮木头——搬来搬去。

说书人是按书的章回组织全书，因而说书既独立成章，又连续不断，层次分明，波澜迭起，动人肺腑，扣人心弦，内容丰富而不繁琐，情节紧凑却又细腻，说到关键处，还"吊胃口、卖关子"。

现在抖音替代了说书，听书换成看视频了，二者表现方式大相径庭，但我还是对传统的听书更加青睐，更加留恋。

寿　碗

　　中国人一生中有许多重要礼仪习俗活动，祝寿便是其中之一。一般民间做寿，七十岁为"大寿"，八十岁为"上寿"，九十岁为"老寿"，百岁为"期颐寿"，通常做寿并非真正逢十，而是指六九、七九、八九、九九等逢九的岁数。

　　我因工作关系，长期为老同志服务，时常会收到寿碗，有八十寿、九十寿、百年寿的寿星送的碗，还有寿终正寝后子女当作喜事来送的碗。我家里已有近十只寿碗。天增岁月人增寿，送碗送福送富贵。寿碗多为红色碗，红色寓意可以辟邪消灾。据说，人们用了寿星过寿时的碗，就可以消除百病，多福多寿。人寿有期，长命百岁是人们的福气和希冀。

　　清朝光绪年间，慈禧太后六十大寿时，也烧制出一批官窑寿碗，胎体细腻、轻薄，修胎规整，制作精良，极具收藏价值。

　　常州人还有"抢寿碗"的风俗，哪家高寿老人拜寿，街坊邻居知道后，还会主动去寿星家讨碗，以此祝福寿星，沾寿星的福。过路人也会去讨碗，以至主人家买了五百只碗还不够发，还须去添碗增发呢。

无姜丝不吃面

早晨吃面,我有个习惯,那就是吃面要配姜丝和辣菜,至于浇头一般则以素为主。

俗话说,早吃姜丝赛人参,夜吃姜丝烂肚肠。姜丝有暖胃、御寒、祛湿之功效,一碗"断生立直"(无锡阳春面)下去,外加翘嘣嘣的姜丝,胃里那叫一个舒服惬意。每当天寒地冻吃好面,走出店门是周身暖意,完全能够抵御凛冽刺骨的西北风。

切姜丝要有刀功。首先姜片要切得薄,才能使姜丝穿过针;姜丝要硬朗,丝丝缕缕一样长。店家一般会将姜切成丝后,浸在冷水中,使之保鲜,色泽好看。吃姜丝要配好的香醋,如山西香醋、镇江陈醋,有时吃到好的姜丝,醋却是"搭将淡水气",那就坏了一碗面,倒了胃口。

有关吃面的文章很多,最近看到作家马汉写的吃面文章《吃面的讲究》登上《人民日报》,可见吃面文化之深。

制作辣菜通常用芥菜,不黏稠、不稀薄,恰到好处，做得好全凭经验。轻辣带香干丁，微甜少油略有鲜味，外观微深偏红，却无酱紫气，现大多数店家用青菜和细菜，已有样无实了。

吃面喝汤，看戏听腔。好的面，往往隔夜用鲜肉骨头、黄鳝骨等烧煮好，所谓高汤味道好，浓汤吊鲜，吃了不肯调。

姜丝配辣菜，好比早餐大饼配油条，粢饭团配豆浆，也好比才子配佳人，好搭档，有架势。

有人说我是吃面老祖宗，可不敢当，吃面文章仅登在市级报刊，与写作大家、美食家相比，差距甚远，但吃面配姜丝，我还是任性的，坚持了几十年之久。

北方人以面当主食，顿顿吃面也无妨。南方人吃面是一天最多吃一顿，一日到夜连顿吃，则有些索然无味。这次疫情期间，我吃面的次数增加了三成，当然须翻花头，或汤面或拌面或烂糊面，但面浇头要有点质量，如熏鱼、油爆虾、干切牛肉等，烫几棵菠菜，碧绿生青，弹眼落睛，上海方言叫"老有腔调"。

吃面是一种爱好，也是一种追求。著名作家贾平凹为了吃一碗盐汤面，从西安家里到当时的耀县，两小时的车程，付了几十元的过路费和油费。朋友问他："值吗？"答就一个字：值！

吃面与地域性格有关。北方人吃面讲究粗犷、实诚、劲道，到兰州吃拉面，还有与皮带一样宽的面呢。南方人吃面，讲究精致、细腻、考究，南北两地面食文化的差异，通过舌尖，便有所感知。

常熟还有一种蕈油面，原汁味鲜，是用一种野山菌做浇头，现无锡也能吃到，那种自然鲜，难以用文字来形容。

湖州有家阿毛面馆，店内的虾爆鳝面，品质几十年如一日，是虾仁和鳝鱼做浇头，姜丝丝丝入扣，吃了难忘。

人们在面条这种食物上还附加了各种意义，附着了各种情感，小朋友过生日吃生日面，老人祝寿吃长寿面等。记得20世纪70年代，祝福毛泽东同志生日，全厂免费为职工供应红烧肉面。那天，全厂职工早早拿了筷子、盆子，一路敲着涌向食堂。12月26日这天，全厂、全城、全国人民同享一碗寿面，为领袖增福添寿。

江南一燕

——参观瞿秋白同志纪念馆随想

我一上延安,二上瞿秋白同志纪念馆,三上井冈山,一路走来,心灵深深融入了"不忘初心,牢记使命"的教育中。

去延安,留下文字《延安的"小"》《延安窑洞赞》,三上井冈山,留下《井冈山抒怀》。这次市委市级机关工委退管会组织退休干部参观瞿秋白同志纪念馆,故作此文,以为补白。

在纪念馆里,我和同去的刘春华等老同志,看到瞿秋白一生留下五百多万字的选集、书稿、著译等,字字珠玑,文采洋溢,同时感叹生命的价值,而瞿秋白就义时年仅三十六岁啊!

人只活了短短的三十六个春秋,但思想和业绩却永垂青史。

当我们今天在唱《国际歌》时,您可知道,翻译《国际歌》的人正是瞿秋白。1923年1月,他才二十四岁,刚从莫斯科回到北京。在翻译《国际歌》之前,中国已有三种译文,但译文都不够确切,瞿秋白别具匠心,采用音译"英特纳雄耐尔",出色地解决了俄文、法文、中文间的确指性,这个唱法一直沿用至今。

当瞿秋白即将走上刑场时,他在照片下面写了这样的话:"如果人有灵魂的话,何必要这躯壳!但是,如果没有的话,这个躯壳又有什么用处?"从这段话中,可以看出瞿秋白认为一个人活着要有灵魂,没有灵魂就是行尸走肉。敌人正是分析了这些情况,断定瞿秋白不会投降,决定对他行刑。

常言道:慷慨成仁易,从容就义难。然而,秋白两者都做到了,他是真正的伟大的马克思主义者、党的忠诚卫士、人民的好儿女。他虽死犹生,牺牲在敌人的枪弹之下,却长留亿万人民的心中。

正在开展的"不忘初心,牢记使命"主题教育,使我联想到参观瞿秋白同志的事迹,能够思考一番人生的真谛,探索一番生命的价值,受到一些启发和激励。

不忘初心,从而更加坚定走先烈开辟的光明之路,在新征程中,有所建树,牢记使命。

秋白,江南第一燕。他在1923年12月所作《江南第一燕》:"万郊怒绿斗寒潮,检点新泥筑旧巢。我是江南第一燕,为衔春色上云梢。"余录于此,作为纪念他的心香一炷,鲜花一束。

多浪湖阔鱼儿美

从阿合奇出发,前往阿拉尔去参观三五九旅屯垦纪念馆,途经茫茫荒原和戈壁,突然出现一片美丽的湖泊,名为多浪湖。这里水草丰美,鱼儿游荡,一派南疆自然风光。多浪湖水深千尺,枣花流水鱼儿肥,湖阔鱼美鲜可求,鸟飞鱼跃人欢喜,美丽风景令人醉。

多浪湖,是一座平原水库。20世纪60年代,王震将军麾下的军垦战士筑坝、清淤、修引水渠,经建设已形成三十万亩水面,湖水看上去像翡翠般绿如蓝,清澈如明镜,鱼跃虾蟹肥,水库可供阿拉尔市人口生活用水和耕地灌溉,因而也是母亲湖,现已成为新疆最大的原始自然风景和人文景观交相辉映的旅游景区。

中午时分,主人十分热情地请我们品尝多浪湖的鳙鱼(又称"胖头鱼")。一条鳙鱼重达30斤,一鱼四吃,七人围桌,分量绰绰有余。鳙鱼少刺、肉细、味鲜、嫩如脂,入口即化。鳙鱼,含钙、磷等矿物质以及维生素,人体易消化吸收。其蛋白质含量高,脂肪含量低。油炸松脆,红烩味浓,炖汤鲜美。煎、烩、煮、煨，清香顺滑，百搭多彩。厨师巧手烹调，还外加一盘炒鱼什，嫩如春芽，黏而不腻，鲜美怡人。喝着鲜美的浓汤，大快朵颐，体味把盏临风的意境。食之，平添活力，精神清爽。举杯吟诗："且就多浪天一色，将船品饮白云边。"

阅尽湖色，尝新鲜鳙鱼，当是人生一大乐事。

烟波浩渺的多浪湖是鳙鱼、鲫鱼、鳊鱼、鲶鱼、青鱼、草鱼、螺蛳、螃蟹的乐园。多浪湖，鱼儿竞相戏水，虾儿活蹦乱跳，人儿热情好客，让人感动。在这里，呼吸着清新的空气，感受到主人友善的气息，你不会烦恼，不会浮躁，心灵如同湖水般宁静，心胸像多浪湖面般开阔。前辈开垦荒地，劈山引水，后者当饮水思源，不忘初心！

独一无二的旱莲

在陕西汉中的武侯祠院内,有一株有四百多年历史的全国稀有珍奇花树——旱莲。这株旱莲是后人为纪念诸葛亮而栽,全国仅此一株,观者如潮如织。有人把她比作诸葛亮的妻子黄月英,聪慧无比,却苦于容颜丑陋,于是化作旱莲,每年开花一次,娇艳绽放,陪伴诸葛亮,旱莲也象征诸葛亮的高洁品质。

旱莲,又名应春树,每年三月开花,木兰科乔冠植物,开花之时枝干突兀,片叶无存,甚奇。鲜花布满枝头,花色红白相间,花心略带粉红,其形酷似莲花,其性清奇纯厚,有旱地莲花之喻,备受人们推崇与喜爱。

旱莲绝美绽放,忠义传承千年。此花只应天上有,人间哪得几回看?这株旱莲,几百年来,以它清净无染、超凡脱俗、纯洁无瑕的风姿和品质,征服着一代又一代人,每逢花开之时,观者赞美声不绝于耳。《爱莲说》有:出淤泥而不染,濯清涟而不妖。汉水上游多奇趣,莲花生旱地,古树呈冠盖,老枝发新芽,繁叶盛甘露，日月孕奇葩。可称的是，这独一无二的旱莲，不与他物同，不与梅花争俏，静静舒展，不争名利，默默奉献。而来这里的游客，会在她上面悬挂讨吉利的牌子，写上吉语、祝福语等。几百年来，旱莲生生不息，常开不衰，寓意这里风调雨顺，政通人和，盛世太平。

也许因为北方杯水难以邀莲，旱莲长在汉中，而江南多水，莲在夏日绽放，飘着淡淡的清香。汉中的旱莲居然岁岁年年绽放其容颜，我仿佛看到了诗词的长河中，有人撑着一支长篙，向莲花深处漫溯。莲花开落，生命轮回。

漫步交大

2019年8月，我有幸在上海交通大学学习。漫步百年名校，时时感受到人文气息扑面而来。

交大许多建筑均以人名命名，如廖凯原法学楼、钱学森图书馆、包兆龙图书馆、文治堂、执信西斋、伍舜德楼、董浩云楼、董浩云航运博物馆、郑坚固体育中心等，很有特色，而这仅仅是上海交大徐汇老校区一隅。这座具有一百二十多年历史的名校，许多历史建筑都很具有文化价值，有些被评定为上海市优秀历史建筑。

如廖凯原法学楼，是由著名美国企业家和慈善家廖凯原先生从所捐赠的三千万美元中划拨出的五百五十万专项资金协助兴建的，于2011年10月8日奠基，2012年12月15日落成，总建筑面积约九千两百平方米。这座美轮美奂的建筑，在设计理念上以"树"、象形、曲水流觞的传统语境和体现人类文明普遍价值的图书馆来寓意正义的根源，从此生长出来的桢干大才，从不同角度向上伸张并开枝散叶，高擎起云日交映、溢彩流光的法学院。独特的造型似乎随时提示着《诗经》里"南有乔木,不可休思"的佳句,也构成了"十年树木,百年树人"的隐喻。

诚然,钱学森图书馆是以科学大师、中国导弹之父钱学森先生而命名的。钱学森当年在交大读书时,曾入住执信西斋,而执信西斋是为了纪念国民革命先驱朱执信先生而命名,初为学生宿舍,有房屋一百八十七间,建筑面积四千三百九十七平方米。抗战期间,宋庆龄、何香凝主持建立国民伤兵医院,曾借用此楼作院址,故又称"第一宿舍"。可以说交大的每一座建筑都有一段文化历史渊源可以追溯,沉淀了厚重的历史文化底蕴。

校内有董浩云航运博物馆、董浩云楼。董浩云是香港一代航王,其子董建华则为香港回归祖国后的香港特别行政区首任行政长官。

上海交大作为一个开放式大学,和哈佛大学一样,人们可以自由进出,不收门票,它是我国历史最为悠久的高等学府之一,由近代著名实业家盛宣怀于1896年(光绪二十二年)创办,时名南洋公学。1921年,北洋政府将其与其他三所学校合并,定校名交通大学,本校名为交通大学上海学校,后经国务院批准,更名为"上海交通大学"。

文治堂，是以唐文治老校长的名字来命名的。包兆龙图书馆，则是由香港环球航运集团主席包玉刚先生捐款建造，并以其父亲的名字命名。伍舜德楼则以香港著名实业家名字命名。

交大与其他大学一样，以史诗性的深广目光注视着时代巨变，并涵养着一代又一代学子的生活和心灵。

我在交大学习的时间很短，却体味到交大人对学习、生活、工作和文化的省思与珍视。漫步交大，你会发现处处焕发着中华民族弦歌不辍、日新又新的文化活力。

新闻的生命贵在真实

与《无锡日报》结缘，始于20世纪80年代初，处女作《昔日同窗太湖重逢》刊登在1981年8月28日的《无锡快讯》栏，屈指算来，已有三十八个年头。

之后，陆续在《寄畅快语》《大家谈》《世风小议》等栏，发表言论稿和散文稿数十篇，被评为《无锡日报》优秀通讯员。最难忘的是1990年8月初，伊拉克入侵科威特，战争引起了世界各国的极大关注。我市一城三县的九百多名建筑职工和家属对此也相当忧虑，原因是有这么多无锡建筑职工在科威特承担着96幢的建筑工程的施工和管理，不断有人电话询问市建工局，都十分牵挂那里工人和管理人员的安全。8月5日当晚，正轮到我值夜班，突然接到时任市建工局局长谢锡增的电话：我市在科威特的全体干部职工安然无恙，请及时通知各基层单位。一种新闻的敏感性直面而来，我当即写了新闻稿，第二天一早即送到报社工商部，不巧，第二天正好是星期日，无人。我当即将稿子放在报社。回去一想，信息来源未经证实，到底是江苏省建筑工程总公司打来的，还是国家外经贸部打来的，抑或是其他渠道来的？一旦失实，岂非误事。我遂追根寻源，终于弄清楚消息的来龙去脉。我再赶到报社改动了原稿，将原有误差的地方作了修改。第三天，《无锡日报》以头版刊登了我写的《我市建筑职工在科正常施工》的消息，全市建筑职工和家属当时看了无疑放心了。此消息比中央人民广播电台早六点半的《新闻和报纸摘要》节目还早了两天。

事后，我还写了篇《一条消息急出了一身汗》，刊于无锡市新闻研究会主办的《社会活动家》学术刊物。

新闻的生命在于真实。通过此事，我倍加重视新闻信息的真实性，虽然我发表过许多快讯、短讯、消息、报道等，但总是如履薄冰。写新闻稿坚决摒弃疏忽和大意。报纸有人读，新闻有可读性，但真实才是最重要的。

与《无锡日报》一起走过近四十个年头，我还是坚持每天看《无锡日报》，虽然与《无锡日报》的故事很小，但《无锡日报》赋予了我生活更多的色彩和元素。

白塔秋色

两三年前,曾随市委老干部局人员来宜兴西渚白塔村,今又重逢。

初秋的白塔,一醉一秋浓,一步一秋风,一望一欣荣。

还未褪去夏日的炎热,西渚的白塔村已裹挟着丰收的渴望。甜润的鲜果在枝头静候有缘的采摘人,白枣、石榴、葡萄,还有已可采摘的翠梨点缀着西渚的秋日,在这里,秋天无疑是丰硕的。

在白塔,望得见青山,看得见碧水,记得住乡愁。

白塔是全国文明村、中国最美丽休闲乡村,既有颜值,又有内涵。它毗邻云湖风景区,山清水秀,筱里八景,入诗入画入文章。

白塔村文脉深厚,遗存丰富,名人雅士代不绝书。它是著名剧作家于伶的家乡,星云法师出家的白塔寺院所在地,《中国作家》宜兴创作基地,还有云香喜舍、生活行旅馆、宜人书院、文化公园等。这儿集白塔农业、生态、旅游、文化于一体,村民幸福指数节节攀升。

竹林深处有人家。现代都市人，十分愿意来到竹林禅舍，这儿就是心灵依傍之所，让人流连相许。

民宿，可走进去，住下来，尽情享受美好的乡村生活。

这儿宜居、宜人、宜游。三言两语道不尽，早看云霞日出，午看山水秋色，晚看"送戏下乡"（锡剧《五女拜寿》），让你乐不思蜀。

散落在村落的民居，诠释陶式生活的美好。

西渚、白塔，也是吟唱宜兴烟火的绝佳地，八宝甜饭已是中国名点，乌米饭上了《舌尖上的中国》节目，要吃的地产佳肴数不清、点不完。板栗与竹鸡是绝配，百合与糯米组合是原配，笋干与豆腐红烧是巧配……

云游白塔，风恬物暖，肆意耍玩天地间。夕露沾衣又何妨，只为等你而来。

初秋行将转中秋，老灶头的味道格外香，云湖鱼头、南瓜藤、山芋藤是小时候的童趣，竹海听风分外妖娆，水墨云湖，禅意西渚，落地白塔，为秋色增彩。

秋韵无限好，白塔，只等你来。

买 扇 记

时已初秋,电风扇基本收场,在家整理和归类旧物时,发现折扇多了起来,准备与电风扇一起归扇入库,拟作来年防暑使用。

我有个习惯,每到一地旅游,喜欢去买一把折扇,盖其价廉物美,既实用又可作留念,还可作收藏。折扇中藏着山水名川、各地风光、诗词辞赋等,盘点一下,也有数十把,有些折扇是画家朋友赠送的,我还舍不得使用,扇面实在精美,上有画家签名,是难得的作品,藏扇乃藏画也。

我在石钟山,见到一位老者卖折扇,他在扇面上当场写蝇头小楷《石钟山记》,我以100元价喜得其扇。石钟山是人们向往的名山,陶渊明、郦道元、谢灵运、李白、白居易、王安石等历史名人都曾在此留下诗文。当我沿着当年苏东坡泛舟绝壁上的石径而下,手里拿着刚买下的折扇,有着完全不一样的感觉。坐在水边巨石上,静听水石撞击声响,风从水上吹来,树叶沙沙,更显出水石音响的美妙。在石钟山,可以遥看南昌、九江、景德镇这些旅游线上的璀璨明珠。石钟山，妙处难与君说，更喜该山得扇，回来自然摇头晃脑诵起"山不在高，有仙则名"。

诚然，我的藏扇仅是无心插柳，扇骨、扇面等材质很简单，大多数是竹质扇骨，少有桃木、乌木和檀香，绢布扇面仅有几把，大多数是纸质的。

国内有位"藏扇大王"，名叫黄国栋，上海人，收藏四百把折扇，藏有著名书法家启功等名人墨宝，更有京剧名旦梅兰芳、程砚秋、荀慧生、尚小云、周信芳、马连良、俞振飞等在扇子上留下的墨宝。他的折扇有象牙、骨、玉、珊瑚、翡翠等材料，扇骨还有浮雕，藏品琳琅满目，令人叹为观止。除了白黑扇面外，还有泥金扇、散金扇、飞银扇和发笺扇，可谓集扇面品种之大成。

买扇、用扇、集扇、爱扇、藏扇，乐在其中。

有一位已逾八十岁的老画家，当他得知我喜丹青扇面时，慷慨送我一把崭新的清水骨白扇，扇面上画了活灵活现的九只小虾，让我爱不释手。

百扇妩媚仍风流，古有唐寅挥扇作毫，今有阿鸣藏扇赏画。此谓生活多色彩，扇子清香入秋来。

又到"世界读书日"

4月23日,无锡解放纪念日,也是世界读书日。

一早起来,有朋友发阅读感言,很有启发。

前两年,有媒体报道,我省成年居民综合阅读率每年有增长,其中,数字化阅读率增长较快,说明读书的氛围在营造,阅读的理念在树立。

全民阅读,书香馥郁。手机、网络、电视等电子媒介使传统阅读受到冲击,过去以书籍为基础的文化与价值认知受到挑战。真理和真相从前只印在纸上,现在却从书籍和纸张中慢慢地剥离。

也许不久的将来,"流传价值"将成为判断书籍是否应当存在的唯一标准。

当然,阅读是一种自律的行为,相信读者在阅读过程中,能辨别善恶,升华自我。

读书,关键在自身,认识到读书的重要性,只要在工作之余抽点时间,绵绵用力,久久为功,就能聚沙成塔。

一个不读书的民族是没有希望的,愿全民阅读从娃娃就读、家庭共读、代代相读做起,在全社会范围内形成读书的好风气。

西沙群岛　心中之梦

西沙群岛，祖国南端，离内陆十分遥远。这是我梦寐以求的地方。对西沙的牵挂源于20世纪70年代一首《西沙啊，我可爱的家乡》。那歌中的歌词是多么引人注目、令人神往："在那云飞浪卷的南海上，有一串明珠在闪耀着光芒。绿树银滩风光如画，辽阔的海域无尽的宝藏。西沙，西沙，西沙，西沙！祖国的宝岛，我可爱的家乡……"

心中的梦，终于成真。2019年，国家旅游局开放了西沙群岛，游客可乘着"南海之梦"邮轮自三亚国际邮轮码头而去。由于疫情，真正去西沙的人很少。

走进西沙

当时国内疫情处于低风险状况，去西沙的人多了起来。我们遇到了北京一家视联科技公司的员工，组织了一百八十人来西沙，且已经是第三批了，可见很多人对西沙十分热衷。我们一行七人团，在无锡青年旅行社的精心安排下，于2021年3月3日登上驶往西沙的南海邮轮"南海之梦"号，我光荣地成为第六万四千九百六十七位乘上"南海之梦"前往中国西沙的游客。

"南海之梦"夜航了十三个小时,于4日早上抵达预定海域,并由小船艇接驳飞向银屿岛,时速21节。

该岛为军民合一驻守地,也是村委行政办公地,有当地渔民十多人,以捕鱼、卖鱼为生。目前,年接待游客达上万人。

西沙之美是天人合一的大美。这里不乏残阳如血的壮丽,不乏一望无际的辽阔,头顶雪白飘浮,目力所及皆为碧蓝……

我去看西藏,那是高原湖泊,美如珠玉。而眼前的西沙,却呈现出一片湛蓝,水色绚丽,金黄的海草在海中摇曳生姿,珊瑚和彩色鱼尽收眼底,让人心醉神迷。

西沙,祖国宝岛,经历了岁月的磨洗与黑夜的孤寂,用自己的身躯见证了沧海桑田。

物华天宝的西沙有众多珍稀海洋生物,它们自由驰骋。丰富的海洋生物同时引来数以万计的水鸟前来繁衍生息。

在这里观日出,最惊艳,海面升起的太阳,如燃烧的火焰,金黄耀眼。黄昏看落日,熔金辉煌。海水波光粼粼,灵动闪烁。

雨季，群岛上空，雷鸣般的闪电，刺穿了大地、大岛。黑云压岛岛欲摧，雨后架起的彩虹，又像给人们营造起童话般的梦境。

西沙群岛，处处是视觉的盛宴，自然的奇迹，在西沙行走，永远让人欢欣鼓舞。

银屿岛上的升国旗仪式，让人真正接受了一次爱国主义教育，我们热泪盈眶，心潮澎湃，更加强烈地感受到我和我的祖国永远在一起。

在全富岛上，游客在打沙滩排球，玩趣味游戏，四位小伙伴把自己的一个"头儿"扛头扛脚浸入水中，此时，团队的友爱、情谊、快乐统统弥漫在欢腾的西沙群岛……

观影西沙

4日晚，在七甲星空剧院观看了由八一电影制片厂于1976年7月摄制的海洋电影故事片《南海风云》，主演唐国强。

语言有语境，电影有场境。

在西沙看《南海风云》，就像在庐山看电影《庐山恋》一样，观影感受和在任何其他地方都大异其趣。

该片反映的是1974年1月上旬西沙之战的一场海上之战，当时的南越海军悍然闯入我西沙群岛，撞我渔船，我南海舰队以大无畏的英雄气概，一举打败了入侵者，从此，西沙再无大的战事。

"犯我中华者，虽远必诛；伤我国人者，皆为我敌。"西沙群岛，每一个岛屿、每一滴水、每一粒沙都是我固有领土，神圣不可侵犯。解放军将士捍卫主权的决心和信心鼓舞国人，我们能有今天和平的生活，甚至可以踏上西沙圣地，饱览祖国大好河山，正是国力强盛的体现。

影片主题曲《西沙，我可爱的家乡》，正是吸引我来西沙的原动力。

吟古诗　过春节

年年春节年年过，又到了己亥年春节。春节是中华民族最隆重的传统大节，历史源远流长。文人善咏志抒怀，到了传统节日，诗作迭出。

最为著名的是北宋王安石的《元日》：

爆竹声中一岁除，春风送暖入屠苏。

千门万户曈曈日，总把新桃换旧符。

大意是在鞭炮声中把旧年送走，春风送暖饮屠苏美酒。千门万户迎来旭日东升，新春到处新桃换旧符。

刘长卿的《新年作》：

乡心新岁切，天畔独潸然。

老至居人下，春归在客先。

岭猿同旦暮，江柳共风烟。

已似长沙傅，从今又几年。

本诗是刘长卿在乾元元年被贬潘州南巴尉时，逢新年而作。大意是新春佳节，家家亲人团聚，而作者只能在海畔望乡，贬斥远方，屈沉下僚，与岭猿一起朝夕相处，像江柳一样经受风露。诗中"同""共"

两字，化为自己凄苦生活和悲愁境遇的生动写照，在炼意上是很高明的。

李商隐的《为有》：

为有云屏无限娇，凤城寒尽怕春宵。

无端嫁得金龟婿，辜负香衾事早朝。

大意是，寒冬去后，春天到来，本不必"怕"。所以"怕"者，是春宵苦短，又不得不早起。诗中把"怨"的心思放在和谐的家庭生活背景上，更显得绵绵深厚。

另有郭应祥《鹊桥仙》中：

立春除夕，并为一日，此事万年创见。

一看通俗易懂。

高适《除夜作》中有：

故乡今夜思千里，霜鬓明朝又一年。

读后即明白。

寻觅古诗词里的春节，字里行间，体味诗人对春天的期盼，对亲人的思念，对团聚的渴望。

悠悠诗韵，辞旧迎新。勃勃生机，又到新春。尽管人们感叹年味儿变淡了，但诗中的"年味儿"还在传递着丰富的文化遗产。

市歌征集往事

王莘，著名作曲家，无锡荡口人。只要听到《歌唱祖国》激情高昂的旋律，人们总会想起他。

"五星红旗迎风飘扬，胜利的歌声多么响亮。歌唱我们亲爱的祖国，从今走向繁荣富强……"

《歌唱祖国》，成为新中国历代人奋进的合唱歌曲。

毛益新，诗人、散文家。无锡南门人。他一直是我的直属领导，领导艺术和文学修为令人敬仰。

那是1984年春，毛益新年仅四十岁，才华横溢。为赞美家乡，宣传无锡，无锡市音乐家协会组织发起征集无锡市市歌活动，准备在国庆三十五周年时推出。

毛益新，与他的名字一样，创作的诗歌、歌词、散文日日益新。生在古运河边，太湖水偎依城畔。一种创作的欲望油然而生，早年就是部队的秘书，素有"老笔杆子"之称。拿起纸笔，写了几段，左看右看，不尽如人意，索性搁笔数日。

一次，单位组织登山活动，他登上了无锡惠山三百多米的头茅峰，蓝天白云，清风扑面，他眺望田园，但见锡城新貌,尽收眼底;近处高楼林立,新村成片;远处田野碧浪,河溪交织……看着看着,灵感而至,眼前胜景,不正是一首好的市歌吗?回到家中,他急铺稿笺,情感随笔尖倾泻。"登上高高的惠泉山顶,满目是无锡好风景,悠悠碧水,片片新村,锦绣家园,孕育振兴。啊,无锡,你是一座美丽的城。"歌词为三段体,歌名为《无锡,美丽的城》。

未曾想到,这首歌竟受到著名作曲家王莘老师的青睐。有一天,毛益新在《无锡日报》忽然见到已经谱好曲的这首歌。开始,他不敢相信自己的眼睛,以为是别人的词作,因为作词署名锡人。锡人又是谁呢?纳闷之余,毛益新便向市音协了解,方知原来市音协把征集到的十首歌,汇集成册,隐去词作者姓名,寄到各位作曲家手中。王莘老师是无锡人,为家乡写市歌,自然成了重点邀请对象。

王莘老师接到词集后,选中了毛益新的一首,但不知谁写的歌词,只能在这首歌上署名王莘曲。随后,即寄给《无锡日报》,不久,报社于1984年8月19日刊登了。

发表时,报社也犯过难,光有作曲家的姓名,无词作者姓名,也不成一首歌,编辑思来想去,只能署上"锡人词"。当市音协电告报社词作者姓名时,报社正为无法给词作者寄稿费而犯愁呢。

现在，无锡市歌已正式定名为《太湖美》，作词任红举，作曲龙飞；首唱者程桂兰，系女高音歌唱家，国家一级演员，总政歌舞团副团长，享受国务院政府特殊津贴，毕业于中国人民解放军艺术学院音乐系。

"太湖美呀，太湖美，美就美在太湖水，水上有白帆呀，水下有红菱哪，啊，水边芦苇青，水底鱼虾肥……"

当我们听到如此美妙的歌声时，您可知道征集无锡市歌时，毛益新和王莘还有一段未曾谋面的合作呢！

往事犹可忆，未来犹可期。

"阿大"逃生记

2016年12月，娇娇从淘宝网上，以28元一只的价格，购得两只小鳄龟，取名"阿大""阿二"。经饲养后，"阿大"常欺负"阿二"，最后，"阿二"夭折，仅剩一只雄性的"阿大"了。

"阿大"通人性，主人叫它名字，它能听得懂。每天上午8点左右给它喂食，若稍晚点喂食，它就会在玻璃缸里乱爬乱走，主人便知它饿了，须即时喂网购的干虾、干鱼和鳄龟吃的网购食料。鳄龟吃荤腥长大，小时候可吃植物类。

娇娇每天须给它换水，打扫养鳄龟的缸。鳄龟爱清洁，看着平时不动，但饿了就动个不停。

2019年的夏天，"阿大"想探索外面的世界，未经娇娇同意，私奔"世外桃源"了。当娇娇回家想与"阿大"交谈时，突然发现"阿大"失踪了，急得娇娇哭了起来，连喊"阿大"几声，就是没有"阿大"的回音。急忙在屋里寻找，床底下、厨房间、橱柜底下，凡有可能藏身之处，通通搜寻下来，毫无影踪。

无奈之下，只能想到是否是其从五楼阳台上的缸里爬出来后，跌落到楼下了。于是娇娇便到三楼的人家去问讯（因三楼有一个玻璃平台），三楼主人说没有看到鳄龟。然后，再问一楼的婆婆，婆婆说，是有一只怪东西在露天的草坪上，现收养在水桶里。

哦，终于找到了"阿大"！娇娇喜出望外，转泣为喜，把"阿大"领回了家，"阿大"还翘了翘尾巴，示意回到娘家了。

"阿大"很通灵性，主人出门，会和它打招呼，它会伸出头来，表示知道了。养了三年半，已是成年鳄龟，会伸出长长的头颈，直至爬出缸内。娇娇生怕它再次"野豁豁"去私奔，于是，凡出门时要将两张方凳重重地盖在缸上，"阿大"也只好乖乖地守家了。

鳄龟是世界上最大的淡水龟之一，也是北美洲最大的淡水龟，在家饲养可至五十厘米之大，现"阿大"已长至二十五厘米，而买来时仅手掌大小。它可在水中深潜三小时，是肉食性动物，比较凶猛，平时不咬人，但在受到威胁的情况下，也能咬断人的手指。目前，鳄龟还没有天敌，凭它十三片甲壳，所向披靡。

"阿大"现在是家里的老大，娇娇像欢喜自己的儿子一样，爱着"阿大"。

唐宋词中的江南

唐宋词经典耐读,已成为我国历史上宝贵的文学遗产之一,词风或绮丽或含蓄或豪放,用笔灵活,精雕细琢。不管是描写山川明月,还是写生活琐事,都反映人的精神状态和精神面貌。本文仅从词人写江南的词中,看看士大夫带给我们的书卷味。

忆江南
白居易

江南好,风景旧曾谙。日出江花红胜火,春来江水绿如蓝。能不忆江南?

词中的江南,指的是苏州、杭州一带。白居易写过不少描写江南风景的诗篇,而这篇不仅概括了江南水乡春天景色的特征,还表达了诗人深深热爱它的感情。

梦江南
皇甫松

兰烬落,屏上暗红蕉。闲梦江南梅熟日,夜船吹笛雨潇潇。人语驿边桥。

这首词写夜深灯暗的时候,梦中出现了离开故乡的情景,夜船吹笛,人语桥边。这是一幅江南夜雨图,词中江南是指江苏南部和浙江一带。

菩萨蛮

韦　庄

人人尽说江南好,游人只合江南老。春水碧于天,画船听雨眠。　垆边人似月,皓腕凝霜雪。未老莫还乡,还乡须断肠。

这是韦庄在南方避乱时写的一首词,歌颂了江南水乡的景色和人物的秀丽。

卜算子·送鲍浩然之浙东

王　观

水是眼波横,山是眉峰聚。欲问行人去那边?眉眼盈盈处。　才始送春归,又送君归去。若到江南赶上春,千万和春住。

朋友去的地方是有好山好水的浙东,送行的时候是暮春三月,词里的意思就是这两层。可是作者的构思很灵巧,前段给山水用上两个生动的比喻,后段又给行人安排了赶上江南春天的幻想,写得很流利、别致。这里的江南是指江苏南部和浙江一带地方。

清平乐·独宿博山王氏庵

辛弃疾

绕床饥鼠,蝙蝠翻灯舞。屋上松风吹急雨,破纸窗间自语。　　平生塞北江南,归来华发苍颜。布被秋宵梦觉,眼前万里江山。

一个壮志未酬的英雄,住宿在一所荒凉破败的茅屋里,当半夜梦醒的时候,回想平生战斗生活,眼前浮现万里江山,心头引起无限的感触。这是作者自身的写照。他一生奔走国事,现在老了,闲着没事做,心里的不平和愤慨是说不完的。这里的江南是长江以南地区。

江南,从古到今,是美丽的地方。江南又是值得文人笔墨抒怀之地。

新中国成立前无锡市政建设速读

城市建设离不开道路、桥梁等市政建设,历史虽是过去式,但有了前者才有今天的城市更新、海绵城市、智慧城市和生态城市。回顾新中国成立前,无锡市政建设的状况,可让我们了解过去,珍惜当下,展望未来。

一

清光绪十一年(1885)农历十二月初一,无锡市重修南水关桥并完竣,立《光绪十一年重修无锡南水关桥记》石碑。至清光绪三十一年(1905),沪宁铁路沪锡段修筑而成,设火车站于运河北岸。车站建成,孙鹏卿等购得通运河至运河北岸农田,备筑路开辟商市所用。到了清宣统元年(1909),沪宁铁路通车后,为沟通火车站与城区交通,于城北运河上兴建了"通运桥"(即工运桥),为松木桥。清宣统三年(1911),十二月,无锡光复后,设锡金军政分府,整顿市容,遂拆除大市桥两边棚房,以利交通。无锡市公所,以承办和市管市政建设为要务,之后开辟光复门,筑通运路（长690米）、汉昌路（长96米）、光复路（长1250米）、公园路（长550米），以上路宽为10—14米，均为石片路面。是年，火车站、北里、崇安寺等闹市区，已通人力车。

为开展市政建设设计，邑人南洋公学（即交通大学前身）毕业生张德载，测绘《无锡城厢地图》，花银一千五百元。之后，开源乡实业界人士荣德生等发起筑开源路，路起始自西门迎龙桥，止于梅园，大大方便了市民去梅园赏景。后又修筑羊腰湾路，长1850米，宽6米，煤屑路面，间有石片路面。还修缮了显应桥，因1915年水仙庙演戏，人众拥挤，桥中石条断，故集资捐修。是年，无锡市公所筹办路灯，购一百五十盏美孚灯亮之，朝收夜挂，此为无锡路灯之始。

二

无锡市公所于1916年募建欢喜桥（木桥），位于欢喜巷口，跨域中直河。徽州人丝业巨子吴子敬，独自捐资建造了吴桥，桥长77米，桥宽6米，由上海求新船厂承造，共花了32000银元，桥型按上海老闸桥设计，于1917年3月建成，系本邑第一座铁桥，非常独特，为火车站、三里桥至惠山创造了贯通条件。是年，《无锡县实测图》（即全县17市乡全图）刊印发行。该图自测至成图，耗时4余年。

1918年，实业界人士陆培芝、荣宗敬、荣德生等鉴于吴桥已建成，捐资建造通惠路、火车站至惠山段，并专设路桥工程局，由秦效鲁任局长。之后，火车站新建广场，为旅客集散之处。到1922年，中国道路建设协会成立，北京政府批准无锡开辟高埠，委杨味云为商务督办，辟运河北岸，铁路两侧周山浜、梨花庄、黄巷等地为商埠区。随着时局发展，又募建三凤桥、致和桥，筑通济路、西新路、北仓门路，议设西门桥，建长广桥。1927年国民革命北伐军莅锡，无锡市公所改称无锡市政局，位于公园路。无锡县设置建设科，同年8月，省政府决议，各县建设科一律改为建设局。隔年，县建设局有了"无锡县道路计划"，即道路规划。通运桥易名为"工运桥"。时人习惯把钢骨水泥桥称"洋桥"，故该桥又称"大洋桥"，两侧桥墩，伸出八个灯柱，装有路灯，夜间放光，颇为壮观，路人甚为叹赏。

时至1929年，省政府决议，设立"无锡市政筹备处"，为无锡城区筹设普通市之准备，并开展市政建设调查。无锡市政筹备处成立后，下设总务、财政、沟渠、工务、社会五科。其中工务职掌计划市政建设、街道、沟渠、堤岸、桥梁、建筑及其他土木工程等事项。并有了《拓宽道路章程》《整顿人行道暂行规定》

等，道路管理逐步纳入规范化管理。立《道路等级一览表》。根据市情发展情况，市政筹备处设"道路拓建设计委员会"，委员有江应麟、高钱四、姚涤新、钱孙卿、杨翰西、唐里海等。

之后，商办江南长途汽车公司，南城门改建，由建筑师江应麟按苏州平门样设计。修筑连元街口至西河头、书院弄等路面，锡澄路工程完竣通车。亭子桥石级拱桥两侧共逾百级，行车困难，改为弹石铺砌桥斜面，改建后人力车及行人称便。再建造新民路。

三

建桥铺路，造福一方。荣德生将亲友馈赠六十岁寿礼等，捐造宝界桥。修建宝界桥历时173天，桥工106人，分三班作业，耗资6万余元，桥长375米，宽5.6米，桥孔60个，为当时江南第一大洋桥。紧接着锡宜路通车，锡沪路无锡段路基路面工程完竣。兴筑环湖路、三下塘、南盛巷、锡甘线、新民路、吉祥桥，木桥改为钢筋混凝土桥墩。锡张路、湖山路相继竣工。1936年拓建德源路、通源路（现五爱路），全长1150米，宽10米，为石片路面。1937年日机轰炸无锡，炸坏三凤桥、打铁桥、致和桥等，无锡沦陷，市政设施毁坏严重。无锡沦陷后，护城河污秽不堪，沉物沉尸甚多，后护城河疏浚，挖土4659平方米。复兴路口至北城门口，因沦陷初，房屋烧毁，后将3米之街道拓宽至8米，成为城中繁荣之区，抗日战争胜利后，定名为中山路。锡梅路即无锡铁路边至梅村，后为江溪路，于1941年建造。而后修复沙文井驳岸、工运桥、岸桥弄、复兴路（宪兵队门口）、通惠路、盛巷桥塊、莲蓉桥、福田巷、观前街、社桥头等。西门原蒋姓居民，捐款建造小木桥，因年久失修，予以重修。为推进市政建设事业，凡捐资20万元以上用于市政者，得为其竖碑，当时米价为350元一石。抗战胜利后，无锡县政府对城区防空壕，令市民填平，铲除日伪时期所书"控江门"字，由省民政厅厅长王公屿新书"胜利门"三字，后沿称胜利门。

四

1946年无锡县成立市政设计委员会，聘请社会热心名流参与市政建设。随着市政建设管理制度不断完善，又出台《建筑征费规则》《马路窨井管理规则》《营业汽车缴养路费规定》。随后逐步拆除西门月城，拓宽西横街，翻建火车站至工运桥段路面，东门月城拆除，改建东吊桥，社桥修竣完毕，胜利门电亭拆移，原址设岗亭。1949年4月23日，无锡解放，无锡市成立建设局，首任局长季恺。是年8月，成立"无锡市人民政府建设局养路队"，共13人，无锡市政建设粗具雏形。

五

从新中国成立前市政建设的变迁，可以看出城市的发展，有些道路、河道、桥梁已成为历史遗存，有些已不复存在。遥想当年，优越的水路交通造就了无锡的米、布、丝、钱和书码头，因此，一般认为，无锡实际上就是一座因水、因市政建设而兴的"码头城"。

蜡梅花开

2021年无锡小寒过后，出现零下八摄氏度的寒冷天气，还出现几十年来未见的冰凌。据说，1976年无锡曾冷至零下十二摄氏度。在无锡一带，通常冬天最低气温仅在零下三四摄氏度，很少出现零下八摄氏度以下的。

就是在这种寒冷天气下，我所居住的新村小区里，见到蜡梅花开。此时，万花皆凋零，唯独蜡梅正是绽放的季节。在呼啸的寒风中，蜡梅却结出了一个个花朵。一朵朵小黄花，惹人喜爱，那蜡梅花傲然挺立在树梢头，不惧北风魔爪，甘愿磨砺自己，这种不畏困苦、不怕寒冷的梅花精神，值得欣赏。只有它，凌寒独自开，越冷越艳；世上颜色比蜡梅花漂亮的有千万种，却没有哪种花比蜡梅花更坚强，它傲雪凌霜，不惧严寒，外在美，内在也美。

宋人谢翱的《蜡梅》诗写道：

冷艳清香受雪知，雨中谁把蜡为衣？

蜜房做就花枝色，留得寒蜂宿不归。

冬季动物处于冬眠状态，树木枯萎，而冬眠并非死亡，而是一种新的蜕化，一些树木花草虽然弃绝了红花绿叶，也并非枯死，而是正在孕育着一个新的绚丽的梦境。

人生有四季，当身边的世界变得冬季般的寒冷，似乎一切归于沉寂，但人们内心不会失去对春日的渴望，甘做地层深处的坚冰，甘愿蛰伏，用往日积蓄的能量去孕育新的生活、新的生命、新的希冀。

蜡梅花弥漫着淡淡的幽香和冬日的诗意，美不胜收。它不矫情，不张扬，自然洒脱。赏蜡梅花，有种审视人生如四季的姿态：春天最心兴，夏天最壮丽，秋天最诚实，冬天最心安。

余秋雨曾用"冷艳"这词称赞蜡梅的美学概念。蜡梅，至色至香，能与清寒相伴随。如此，我们当把握春天，走过夏天，收获秋天，经受住冬天的考验。

春节又将来临，我有足够的理由，请回一枝蜡梅过大年。

木屐与布鞋

儿时在暑天的静夜,常常被木屐敲打四方砖(铺在客厅的大青砖)的声音震醒,原来是堂兄妹们穿着木屐出来排解了,那木屐声,清脆而富有节奏,在夜深人静的宅院,显得格外声响,时而回荡在厅堂里。

在这个厅堂,曾听大人讲故事、打弹子、踢沙袋、拍洋片、玩烟盒、斗蛐蛐、打陀螺、看小人书……我七岁会读《人民日报》,爷爷还曾夸过我。我无法评价在厅堂里的好坏,只知是在那儿长大的,与鲁迅在百草园里似乎一样,有着同样的童趣。

夏日的江南人喜欢穿木屐,也就是木拖鞋或叫木凉鞋,一双才几毛钱,但节俭的人家往往自己做,找一块木板,依脚画出大小、左右,用锯子下料,再用小刀微修,讲究点的还做出前后跟,最后用砂纸打磨,再找一块轮胎皮,剪成鞋带,用铁钉钉上,一双木屐就做好了。江南水乡人,不论男女老幼,到了夏天,几乎人人都穿,环保、舒坦、透气、风凉,没有人会看不惯。

在枕河沿岸，凭着木屐敲击石板路面声音的轻重、缓急、疏密，即可判断人们一天劳作和生计的忙碌程度。过去在中山路上的"浴德池"浴室，哪个下池不是穿着木屐的。文官武将，引车卖浆，来此地是挥之不去的记忆。出浴后，一块热毛巾，一杯热茶，开始躺着聊家长里短，话《隋唐演义》……

穿在脚上的还有布鞋。我印象中的祖母，搬张竹凳坐在靠阳的客厅里，左手握一只千层布的鞋底，右手捏一根较粗的针，穿着白线，一针一针地纳鞋底，偶尔举起右手在满头的白发里刮几下，这个形象如电影中勤俭的妇女。穿布鞋，是一种节俭，一种寄托，一种思念，"慈母手中线，游子身上衣"，就是在表达这种贴心贴肺的乡愁。后来的布鞋，发展成在鞋底钉块橡胶皮，防水耐磨，但往往脚尖处先磨出破洞，于是缝补直至鞋底磨穿。这时，鞋已经丈量大地两至三年。

过去布鞋大多是自己做的，家庭妇女人人会落鞋样（吴语，把鞋的纸样照着剪下来），做衣裤省下来的边角边料，是做鞋面布的好货，硬衬要糊上五至六层。时代在发展，后来时兴穿军用球鞋、北京布鞋、双星牌老人鞋了，也蛮舒适透气的。

我想，长辈亲手缝制的布鞋，是一种无法言传的牵挂，是刻骨铭心的寄托。成家立业，儿行千里，猛然回首却时过境迁。

江南水乡、江南故事，原来就是木屐、布鞋等寻常物事组成的。

云丘山上柿子红

山西临汾市乡宁县境内,有座名山,名叫云丘山,此山乃人类始祖发祥之地。云丘山,一座富有诗意名字的山。

看山西的山,没有张牙舞爪的巨石悬崖,较多的是黄土高坡。一进云丘山景区,山坡沟壑,满山遍野。时至深秋,柿子只只红,惹人喜爱。当地人用柿子做成柿子饼、柿子酒、柿子醋。

云丘山地处吕梁山南端,西临黄河,东近汾河,南面晋南盆地,海拔一千六百二十九米。这里奇山异峰连绵不绝,神塔叠翠,云海藏龟,自然景观多达五十余处,景色神奇秀丽,与武当山齐名,素有"北云丘,南武当"之盛誉。

值得一提的是,这儿还有一个叫塔尔坡的古村落,距今已有一千多年的历史,是民居建筑的活化石,也是云丘山富有历史传统的景点。沿柿子沟上行,极目苍翠,光影闪烁,秋风扑面,令人好生惬意。古村依山而建,避风向阳,上崖挖掘的穴居、石料构筑的窑居，以及夯土的建筑和瓦房随处可见，我禁不住为千年前先民的智慧而惊叹不已。先民居然能寻觅到如此雅静、幽美的生存环境，无疑是现实版的桃花源了。

中午时分，正好赶上吃饭时间，特色小吃很多，但排队最多的是山西羊肉汤摊位，三十元一碗，外加一只饸饹饼，吃了酣畅淋漓，人人说好。人说山西好风光，羊肉美味最灵光。

云丘山的柿子惹人喜爱，原始的山洞土窑民居民俗文化深厚，千年冰洞世界称奇。人们常说："柿子柿子，事事如意。"云丘山的山壑挂满了红红的柿子，寓意中华儿女生生不息、代代相传，也寄托晋人对美好生活的向往。

我看到林中成片的柿子，无人采摘，留在枝头，任由风吹雨淋，鸟雀啄食，也许那是留给鸟儿的吧。我体味到那红红的柿子里蕴含着农人的善良和他们对生命的敬畏。虽然有些柿子尚未褪去青涩，但将绽放成熟。

举目欣赏柿林群，柿子红于二月花。我仅买了少许柿子尝尝，自然想到的是勤劳善良、淳朴厚道的山西山民、果农，还想起了那里的民风、民俗。那云丘山上的柿子红，不就是与中国红衬映的吗？

青山绿水醉江南

人类只有一个地球,地球是人类赖以生存和发展的重要基础,保护好地球是保护好人类的福祉,绿水青山就是金山银山。

改善生态环境就是发展生产力,维护水环境,业因水而兴。呵护水文化,人因水而润。美丽而富饶的江南,有张渤治水、蠡湖泛舟、梁鸿孟光举案齐眉等源远流长的文化典故。近几年来,无锡已有多个特色的"美丽河湖"新亮点,如尚贤湖、九里河、伯渎河、贡湖湾湿地、长广溪湿地等。无锡充满温情和水,水是江南无锡最优越的自然禀赋、最鲜明的地域特征、最灵动的城市符号。

一曲《太湖美》唱响大江南北,歌声悠扬,令人心陶醉,美歌唱出了太湖鱼米之乡的风采。

"两棵大树高粉墙,一条小河映花窗。江南处处有此景,难辨张家和李家。"杨绛先生曾简笔描摹出一个有文化又有风景的城市,这正是江南无锡美的写照。

如今的无锡,愈发美得高级,美得令人心动、美得让人沉醉。春日，垂柳依依；夏日，荷花盛开；秋日，银杏金黄；冬日，雪霁赋吟。

生态与无锡百姓息息相关。以锡山区为例，河道水质全面提升至Ⅲ类，空气质量大幅提升。2020年全区可吸入颗粒物（PM_{10}）、二氧化硫（SO_2）相比2001年分别下降了55.4%、85.7%。细颗粒物（$PM_{2.5}$）相比2013年（开始有监测数据）下降53.3%。生态文明成了锡山一张名片，绿色环保赓续了"华夏第一县"最纯正的基因。

秋到无锡，惠山脚下的银杏叶满目金黄，美到令人惊艳。作为钱锺书、杨绛的家乡，无锡骨子里的气质来源于历史的沉淀和人文气息。当您去感受这座文化之城时，也为这座美丽的城市赋能。

人文山水宜居地，美丽画卷徐徐展。

对于无锡市民游客而言，最熟悉的恐怕就是惠山了，有惠山古镇、寄畅园、天下第二泉和无锡最大的城市"绿肺"——惠山国家森林公园。惠钱路以南至惠山北坡约2平方千米范围内，含摇车湾、白云洞、摩崖石刻、石门等，历史文化资源丰富，全线显山透绿，全路富民强街，全景五光十色。

想当年苏轼的《惠山谒钱道人烹小龙团登绝顶望太湖》中："踏遍江南南岸山，逢山未免更留连。独携天上小团月,来试人间第二泉。"美景延续至今,现代人一直为治理出"二泉"品质的水环境而作生态攻坚,并精绣出美卷。

大道如砥,行者无疆。江南无锡的城市更新,擘画出了远景蓝图。千年古地,百年芳华,梁溪古城,太湖之滨,自古人杰地灵,而新时代美丽江南有了新的注脚,这就是诗意栖居,和谐共融,幸福无锡展现出最亮底色。

2021年10月在昆明召开的联合国《生物多样性公约》第十五次缔约方大会,对推进全球生物多样性保护工作意义重大。无锡保护生物多样性也因此如秋日画卷铺陈开来。无锡地处长江三角洲江湖走廊部分,辖区内野生动物、水生生物资源丰富,公众有生物多样性保护意识,倡议保护野生动物,呵护共同的地球家园。人人争做环保使者,共创绿色文明,努力推进碳达峰、碳中和。这正是:"保护生物,别让地球只剩下人类。"

大运河穿越时光,穿过新老城区,流年易逝。当您与这儿的水、河、湖、湿地、绿地、青山相遇,一切都是那般美好如初。在秋色的浸染下,贡湖湾湿地这片水土森林,已桂花飘香。当您呼吸着新鲜空气,听着林中百鸟鸣叫,定会感觉非常惬意。当您慢行马山十里明珠堤，相约三五好友，我就站在岁月的渡口，等您来这里。

"我见青山多妩媚，料青山见我应如是。"远眺锡麓青山，心已满足。

青山绿水醉江南。

走进春天的菜市场

时已过雨水,将至惊蛰,从农历节气上讲,已到春天,但乍暖还寒,实际上气温还很低,属初春严寒、春寒料峭、柳枝吐绿、蜡梅盛放的季节,人们还不能脱棉服穿单衣,大有"捂春三,冻八九"之状和"春寒冻死老牛精"的迹象。

然而,当您走进农贸市场,春的气息已扑面而来,春天的素菜已夺人眼球,如荠菜、马兰、草头(金花菜)和春韭已崭露头角。南方的素菜,已悄悄上市。吃时令蔬菜,品尝春天的味道,是市民的口福,从健康角度讲,不吃反季节的食物,最是有利于人的生命健康。

春天,万物复苏,植物勃发,象征生命旺盛和发力向上。

当您买了金花菜,可做金花菜饼、金花菜馄饨。我到扬中,看到有一种瓶装的叫腌秧草的佐菜,其实就是用金花菜做的,用它搭粥搭泡饭,比咸菜好吃多了,那个鲜就别提了。

春天的菜薹是自然界的馈赠，菜薹蒸咸肉、菜薹排骨烧汤，不逊于鸡汤。春韭炒螺蛳（无锡人称蛳螺），玉皇大帝也称好。

也许天还冷，我转了稻香、金顺和中桥三个菜市场，还没看到香椿，否则，新鲜的春菜放在一起，足以奏响"春菜奏鸣曲"。

我最喜欢的是荠菜，做豆腐羹、做馄饨都行，要我自己来做，全家满意，信不信由您。

做荠菜豆腐羹勾芡，用玉米淀粉比小麦淀粉好，同样用十克淀粉，前者黏稠度更好。

妻子在元宵节后，在叮咚网上买了八样素菜，我说："你只要说买了哪些菜、多少数量，我来猜一猜一共花了多少钱。"她一一道来，西兰花、芦笋、番茄、黄瓜、金针菇、娃娃菜、葱和辣椒。我心里有了底，稍稍盘算一下说："大概花了五十三元。"哈哈，她大笑说："一共五十二元七角。"

这就是逛菜市场积累的本事。

春天的脚步，似乎走得很慢，却又很快。春天在哪里呀，春天在哪里？春天在那青翠的菜市场里。这里有碧绿的春菜呀，这里有鲜菜，还有那会唱歌的小黄鹂。春天在主人家的眼睛里。

是吗？当我的脚步迈进菜市场，除了川流不息的人流，还有春天的召唤。

　　书店看人文，看文化的延伸；春天的菜市场，其实是看碧绿生青、弹眼落睛的素菜，看绿色的希望，看永远的春色。

　　如果说春天是繁花似锦、满园春色的话，无疑，春蔬撑起了半边春色。它，奏响了春天的序曲。

别样的早上好

疫情期间,朋友圈早上发来的问候语,饶有情趣,有情有义,声声问候,句句暖心,这里撷取部分问候语,与读者共享。

疫情让我们明白了,这辈子啥最好。祖国稳定最好,人民安居最好,身体健康最好,开心快乐最好,亲人朋友平安最好,有人惦记最好。晨安吉祥。

疫情不会太久,春天向您招手,坚持就是胜利,一切都会拥有。祝您健康、吉祥、早安。

封城封路不封心,隔山隔水不隔情,我们一起加油。祝您早上好。

疫情闹心,问候暖心。互相关心,但愿顺心。不忘初心,永葆童心。奉献爱心,祝您开心。

祥和的早晨,亲切的问候。愿天地有爱,人间有情,相互牵挂,健康同行。

盼望,春暖花开。希望,喜讯频传。渴望,疫情早除。祈望,幸福安康。愿大家平安无恙。

春不曾言,温暖了世界;花不曾语,芬芳了人间;

时不曾停,留下了情意;心不曾止,印证了感恩。特殊时期,愿山河无恙,人人安好。

只要健康,就是强者;只要平安,就是赢者。愿我们都做人生的强者、生活的赢者。抗击疫情,众志成城。早上好。

阳光的人风景多,开心的人快乐多,善良的人朋友多,知足的人幸福多。愿您我平安,早上好。

雨声祝您平安,雨水冲走烦恼,雨丝捎去牵挂,雨花赐您健康,雨点圆您心愿,雨露润您心田。祝您开心每一天。

愿初春不寒,人间温暖;愿时间转换,病毒早散;愿健康常在,您我平安。

非常时期,所有的问候只有两个字:保重。

倚窗遥望楼外楼,全民抗疫家中留。不求三月下扬州,但求四月上茶楼。待到春花烂漫时,摘下口罩会亲友。

不求所有的日子都风光,但求所有的日子都健康。愿我们天天与绿码同行,与快乐相伴。

友谊如书,常读不忘。问候如诗,句句情长。祝福如歌,曲曲悠扬。愿我们健康快乐,平安吉祥。

真情不在聚散,联络就是温暖,每天打个招呼,心甜胜似相见。真诚祝福您平安、健康、开心,快乐每一天。

春已至，花已开。盼疫散，愿人安。

风雨同舟，彼此安康。远离病毒，迎接曙光。愿我们所有的亲人、朋友在疫情中都平安无恙，幸福安康。

人生有缘一起走，虽不相聚心中有。每天问候胜握手，真诚相待无所求，健康相伴到永久。

病毒无情人有情，相互惦念少出行，虽然不能常相聚，手机连着心中情。好好保护自己和家人。早安。

春暖花开万物生，踏春赏景难出门，疫情防控靠众人，自我保护养精神，待到风雨过后时，我们相聚聊人生。早上好。

一日宅家一日安，不急不躁盼平安，配合政府来检测，新冠无情人有情，微信无菌送安宁。

如今健康是富人，糊涂是高人，知足是圣人，守住绿码是真人，每天问候是知心人。

愿把这些早上问候语，送给救护车驾驶员、法律工作者、志愿者、医生、护士、物业工作者、城管、交警、特警、公安人员、协警、环卫工人、社区工作者和读者朋友们。

书是无所不包的高等学府

又到4月23日"世界读书日"了,总想说两句。

持书是阅读,拿一部手机也是阅读。几年前,我在圣彼得堡车站,就看到好多人在候车时,捧着书在阅读,也有人拿着手机在看,不管何种方式,阅读是理性的、自律的和自发的。

读书关键在自身。去年以来,我粗浅阅读了《唐宋八大家(全集)》《贺龙传》《父亲的雪山 母亲的草地》《民间祖传偏方》《老人言》《风从哪里来》《园林余笔》《碧水青山》《评弹人"平淡"事》《梁卿子闲扯》《庆丰桥情思》《无锡山水城市建设》等,另有一些期刊。读得比较杂,但很有看头。有些书是无锡本地人写的,看身边的人,说身边的事,倍感亲切。

但丁曾说过:"人不能像走兽那样活着,应该追求知识和美德。"不管你是"浮",还是"沉",书籍会无私地贡献你所要的知识,帮助你观察世界,认识世界,陪伴你到老。

书籍是一所没有教授的庞大得无所不包的高等学

府,我们可在这个高等学府里读书,会发现"书当快意读易尽",书海无边勤为筏。

有些人退休了,感觉无所事事,难于打发日子。其实,除了跳舞、唱歌、钓鱼、打牌、下棋等,静下心来,读本书还是可以的。汉语学家周有光耄耋之年还出书呢。

读书是一种快乐,书籍是我们的良伴。不知谁说过一句:"不为无益之事,怎遣有涯之生?"虽然说得未免过于消极了些,却也是颇有会心之言。

到现在,我还是喜欢东翻翻,西翻翻,我倒也不懊悔,因为这个习惯毕竟帮助我较容易地度过了六十多年的岁月,也开阔了我的视野。以书为友,生命有限,书海无涯。我也列不出一份标准的书目,仅是调剂精神,满足了某一情趣。

这种读书的乐趣,只能算是独乐乐。明儒王心斋说过:"学即学此乐,乐即乐此学。"长期下来,通过阅读,我居然没有成为一个思想上的懒汉。

快乐仍留心中

以前过年，大年夜要守岁。还没有电视机的年代，主要是放鞭炮，在院子里对着天空打开手电筒，看光束穿破漆黑的夜晚。细细的凉风，带着年特有的炮竹味，拂过脸上的皮肤，拂动尖尖的树影。想不到如今的守岁是在手机屏幕上看抖音中度过。

时过境迁，纵然光影消逝，但逝去的记忆如烛火温暖着我，小时候过年的快乐仍留心中，一块浓浓米香的雪饼或一颗大白兔奶糖，依然守护着童年的心。

最好玩的是堆雪人。大人们在厨房里忙着蒸馒头、蒸年糕、做蛋饺、酿面筋、油氽熏鱼、烧瓜际头响堂片，也顾不上小孩了，于是，小孩趁机跑到院外，玩起堆雪人。尽管三尺冰凌挂满屋檐，天冷得很，但也挡不住堆雪人的诱惑。眼睛用煤球，帽子用五针松或树叶，围巾用炮仗皮，衣服纽扣用泥巴，堆好后，伙伴们围着雪人玩耍，嘻嘻哈哈。眼看快到吃年夜饭的时候了，各自回家，打开柜门，捏起一块喷香的熏鱼就往嘴里塞。哇，过年的味真香啊。

大年夜，家家户户张灯结彩，贴福字，贴春联，迎新纳福。

年初一一大早，不睡懒觉，跑到门外，迎新春放鞭炮，吃糕丝圆子，寓意年年高，节节高；中午吃面，寓意长长久久，长命百岁。下午开始，跟着大人去亲戚长辈家拜年，手里要拎点红彤彤的礼品，或礼盒或干点心或小笼馒头。长辈会摸摸小孩的头，说："又长高了，今年几岁了？"一番询问，"喏，压压岁吧"，一只红包被收入袋中，无疑，新学期可买新的文具用品了。

年初二，逛公园，看踩高跷、舞狮子、舞龙灯、捏泥人、吹糖葫芦……

年前，家里采购满满的食品和年货，不用买菜可吃到正月十五，年味可浓到元宵节才化了。正所谓，过年过到正月半，开开大门尽您看。

这是一叶记忆的小舟，时代变了，生活方式变了，但人们追求美好生活的愿望没变，流淌在炎黄子孙血液中弥漫的年味没变。

春节啊，汇聚了亲情、友情和真情。

迷人的双月湾

朋友,您到过双月湾吗?

在惠州惠东县有个双月湾,因形状鸟瞰酷似两轮新月而得名。

双月湾地处红海湾与大亚湾交界处,双月湾由左右两个半月形海湾组成。大亚湾的半月湾为左湾,它水平如镜,婀娜多姿。红海湾的半月湾为右湾,它惊涛骇浪,气势磅礴。

这里三面环海,风景如画,洁白的沙滩连绵二十千米。大自然的鬼斧神工把两个半月湾紧紧地连在一起,相依相伴,雄奇壮观,来的游客直呼:"震撼、震撼!"

双月湾,一个富有诗意的名字。

双月湾,一处充满玄奥神奇的胜景。

双月湾,地处惠州境地,这山、这水、这人,充满自信而不失谦卑,充满自强而不失平和,充满责任而不失自在,充满兼容而不失个性。

双月湾,山水造出来的海湾,充满迷人的色彩。

双月湾集湖、海、江、泉、瀑、岛、水、人、城于一体，令人流连忘返，叹为观止。

惠州称湾的很多很多，如巽寮湾、富力湾、富海湾、红海湾、海龟湾、金海湾……而双月湾最富有诗意。它紧邻海龟湾，左右两湾，景色各不相同，沙滩海滨浴场由牛皮沙冲积而成，沙粒晶莹幼细，任由卡丁车在上面驰骋。

朋友，您喜欢大海吗？请到双月湾来。不管是春天，还是夏日，或者是秋季，乃至现在的冬天，双月湾有心旷神怡的韵味，有极目楚天舒的惬意。当您从大星山的水泥山路登上观景台，俯瞰"双月"，那是蛟龙出海，双龙戏珠。如此美景，全国屈指可数。

你去过海龟公园吗？

位于广东省惠东县的海龟公园，是国家级和国家重要湿地自然保护区，门票上赫然印着"世界罕见·中国唯一"的字样，多么吸引人啊！

我们一行十三人于冬至前一天早早地等待着公园8:30的开园。门票三十元，我享受着老年人的半价票优惠。

该公园地处惠东县稔平半岛最南端，大亚湾与红海湾交界处，是中国大陆唯一的国家级海龟自然保护区。

保护区三面环海，气候温和，环境恬静，风景如画，海天一色。

游客争相拍照留影，旁边的海面动辄波涛汹涌，波澜壮阔，2003年9月肆虐的"杜鹃台风"就在此登陆，有碑为证；静则碧波浩渺，海面如镜，上午去时多云，到10:30左右，日出曦光，海面波光粼粼，如梦似幻。

公园内怪石嶙峋，千姿百态，以海龟雕塑的造像，到处都有，姿态万千。事实上，当浪涛的节拍欢奏起星际间"第一交响曲"时，灵龟慕名而来，欢快地在沙滩上繁衍新生。这儿，便成了举世闻名的"海龟湾"。

海龟湾，是中国唯一每年仍有海龟上岸产卵的海滩。海龟产卵时，对海水和沙滩品质的要求很高。在中国海岸线这么长的茫茫大海中，海龟选择在这里繁衍生息，说明惠州的生态和空气质量好，是一个宜居和宜游的好地方。

早晨去菜场买菜回来，在我身后的一位长者主动说："你俚是无锡人哟。"我一听是乡音，回头一看，是一对老夫妻也是买菜回来，我当然回答："是哟。"一问一答乃知，原来老者今年八十二岁，无锡玉祁人，年轻时在西安工作，退休在西安，去年还回老家一趟。今年第一次来惠州过候鸟生活，准备住到3月初，因为西安供热到3月中旬就结束了，现租住巽寮湾阳光假日公寓，类似到这里宜居休闲的老年人很多很多。

继续说海龟，它是两栖龟。约一亿多年前，在侏罗纪和白垩纪过渡期，两栖龟出现了，由于地壳运动及气候变化，两栖龟经过漫长的演化，进化出了曲颈亚目龟和侧颈亚目龟，最后演化成海龟、陆龟和淡水龟。

海龟破壳是一个新生命的诞生，但面临艰难险阻，它们中仅有千分之一能最终存活下来，尽管如此，它们依然满怀对美丽生活的向往和期待。

海龟是海洋洄游动物，每年都作洄游迁徙。冬季游至南海曾母暗沙周边海域御寒，夏季则会北上东海钓鱼岛避暑，洄游距离长达四千多千米。

龟一直以来都是中国人膜拜的对象。从古至今，人们都把它看成是可逢凶化吉的吉祥物。在中国古代传统文化中，龟与麒麟、凤凰和龙合称"四灵"，是辟邪挡煞、消灾避害、镇宅纳财之宝。

放在放生池和玻璃房内的海龟，在慢爬、慢游，现仅供观赏和科普所需，它们已失去了在大自然中的自由，这儿成了驯养海龟的中心。

正是因为人类的过度捕捞，尤其是用电、毒、炸和拖网等伤害性极强的非法作业方式，使海龟被捕甚至致死的数量逐年递增。因此，保护海龟、拯救海龟是人类的使命。

海龟是长寿动物，"鹤寿龟龄"是形容长寿的赞美词句，在海龟家族中，海龟的寿命可达一百五十年左右，是当之无愧的老寿星。

我在海龟的雕塑前，摄影留念，当属借其寿龄。

大海无语，海龟不言，人言善焉。

春雨　春风　春寒

春天可闻花香，可听鸟鸣。

三月天无常，昨日似夏天，今日如冬天，冷热无常，捉摸不透，常常夜间下雨，白日晴天，又常常夜晚天好，白天下雨，下雨夹雪、下冰珠。那"随风潜入夜，润物细无声"，则是诗人对春雨的赞美。

好景在雨后，夜雨剪春韭。此时，上菜市场，可丰富菜篮子，如春笋、春韭、春蚕豆、香椿头……男人也可当主妇。

对于春雨，赞美之词多而中肯。

而对于春风，则是褒贬不一。"不知细叶谁裁出，二月春风似剪刀。"这当然是赞美之词，春风是造物主吗？可不能这样说。地球上一切生物所需能量，大多数来自太阳，阳光雨露最滋润。

就春雨和春风作用来说，春雨作用大，灾害小，而春风作用小，灾害大。苏轼在《水龙吟》中有云："春色三分，二分尘土，一分流水。"二分尘土我理解是春风。春风把樱花、李花、桃花、梨花、杏花吹散了，很让人伤心。"细看来，不是杨花，点点是离人泪。"春风在沙漠地带，狂风一卷，沙尘滚滚，灾害特大。

春寒，有春寒料峭之名。碰到倒春寒，人们开始阳春三月乱穿衣，往往同一天内，走在路上，人们穿的衣服会有四季，春、夏、秋、冬都能看到。春寒冻煞老牛精。这几天，无锡冷得出奇，整理好的棉衣，又翻了出来。春冷不带棉，身体软绵绵，就如吃菜不在猪身上揩揩，菜就无鲜味，哪怕来一盆春韭炒肉丝！

春雨湿润土地，春风润漫大地，春寒刺骨入体。

春来春去，前前后后，反反复复，大地还是播满了希望的音韵，尽管疫情肆虐一阵，但人间仍是充满希望的生趣。

春日茶思

今日,雨夹雪,有朋友在微信中发"冬去春来初见雪"的微视频。望窗外,雪虽刚下过,却是在家喝茶好辰光。

我泡上一杯新产的安吉白茶,让迷人的清香,随着腾腾热气,袅袅飘出,沁人心脾。

我凝视着缓缓沉入杯底的茶片,慢慢地呷着,思绪随着从杯中飘起的缕缕香气蔓延,仿佛看到了茶场采茶的一幕。

前几年,去湖北英山茶场参观,绿水青山,一尘不染,缕缕云丝飘散着,冉冉升腾,簇簇梨花相继争艳,条条平行的茶带,绿得出奇,嫩得可爱,青葱欲滴,还有茶花开放。那花顺着山势散落在茶树中,活像硕大的五线谱上跳跃的音符;那鸟儿在茶树间飞来飞去,声声啼叫,如一曲曲优美的江南采茶舞曲。

是诗,是歌,是画。然而,我想,更多的还有苦,还有累,还有艰辛。

茶叶清明、谷雨、立夏前是个宝,过了立夏是把草。所以喝茶要喝明前茶、雨前茶、立夏前茶。

往往采茶时节雨纷纷，一顶小小的笠帽，一块塑料布遮住蒙蒙细雨，但挡不住突如其来的瓢泼大雨，被浇得浑身湿透，便是茶农们的家常便饭了。

谁知杯中茶，叶叶皆辛苦。

还有那茶叶加工车间，杀青锅中，热气腾腾，各种茶机欢快地转动，一堆堆茶青在茶工手中，经五六道工序慢慢地变成了一筐筐、一匾匾的茶叶，茶工的手却越来越红，越来越深，那嗓音也变得沙哑了。

我喝着清香白茶，自然还想到茶农一年到头在茶园里的劳作，翻耕、锄草、施肥、治虫、修剪、摘采……

多么来之不易的香茶一杯啊！

外面，桃花雪停了，但那茶园中仍孕育着新的茶叶。新叶萌发，老叶便毫不犹豫地悄然离去，不占一分春光。

茶香悠远，醇得我满心眼里是甜的，我真眷恋这新茶般酽酽的微友情谊，这时光，是品茶好时机啊。

三月飞来桃花雪，却道茶农苦中甜。

石榴花开

在江南，石榴花期一般在五六月，榴花似火，一朵朵火辣辣的，明媚鲜妍。

我所在的小区，种植了许多石榴树，一到开花期，花在叶中，人在画中，叶绿似翠，花红似火，景似画一般，人是画中仙。绿叶沙沙，红花摇曳，香风微拂，身在树旁，凉风清新可人，恍然如置身物外。

有花必有果，九、十月份正是石榴成熟期。我买石榴喜欢挑最大的买。去年去惠山古镇，见一摊位有石榴卖，挑了两个，每个有两斤出头，回家品尝，果然不错，果粒鲜红，多汁，甜而带酸，粒粒如水晶，那饱满润泽、如玉粒儿般透明的籽，进了胃，让五脏六腑瞬时妥妥帖帖地安逸起来。它的甜非常有个性，有别于其他水果，像着了妖冶裙的仙女，入俗却不从众。

"若榴者，天下之奇树，五洲之名果，千房同膜，千子如一，御饥疗渴，解酲止醉。"华实不凡，此果不凡啊。

据传,石榴曾得唐太宗喜爱,故为宫廷御果。遥想当年,石榴熟了,宫人华衣丽衫,香车宝马迤逦,是怎样一番红裙飞舞、鼓乐喧天的大唐盛景啊。

石榴原产自波斯(今伊朗),后传入中国,据晋《博物志》载:"汉张骞出使西域,得涂林安石国榴种以归,故名安石榴。"

现陕西、云南、新疆石榴都很出名。初秋入临,游客欢喜流行的农家乐,别忘了欣赏红似火的石榴园哦,那沟沟畔畔的石榴,是秋的馈赠,让人青睐。

在我眼里,石榴实是花中的智者。榴花不争春日,只选五、六月枝头绽放,满树如火红艳,夺人眼目。民俗中,石榴这种千房同膜、千籽团抱的情形被赋予一番意义,象征百子百福、富贵吉祥。

郭沫若也喜食石榴,谓:"禁不住唾津的潜溢了。"

西瓜子与五香豆

从 1976 年高中毕业开始,我就欢喜听评弹。有一段时间待分配工作,正好空档,随评弹票友叔叔去上海听书。

叔叔弹的开篇多次在无锡人民广播电台随着空中电波,飘过里弄街坊,他弹唱的蒋调优美婉转、韵味浓郁,弹唱的张调特别好听,苍劲铿锵、感情充沛。

到了夏天,萤火虫在天井里飞来飞去,我们吃好晚饭,便在四方的骨牌凳上铺了门板乘风凉,地上浇了几遍井水,让暴晒了一天的地面凉沉下去。叔叔便拉起了弦子,与《二泉映月》一样好听,其小开门(表演风格,说书时基本不站立,动作幅度较小,仅双手做动作,最多到肘部,与大开门相对称,大开门一般用于表演武打)稳重,功架好。叔叔习惯把弦子挂在房间的墙壁上,拿起来顺手方便。

我父亲更是评弹迷,听了几十年的评弹,与苏锡常的评弹名流交流甚深,交往甚广,他撰写的评弹文章,被多家知名报纸和上海小报《老听客》采用,如

《说书说到回不了家》《评弹中的姚派艺术》《弹词音乐改革者——周云瑞》等。

我曾听父亲讲过这么一件逸事。有位评弹名家,年轻时,有一次在常州演出,说老书(亦称"传统书")。由于时间上比较匆促,他当时对剧本未能在语言上进行琢磨和推敲,一上台语言显得贫乏,"话搭头"接二连三,老是"那么、那么",或者"老实讲、老实讲",听众耳朵听腻了,但出于礼貌和谅解,都没有向他当场提出来。

一天,书落回(书目告一段落)后,他到后台卸去长衫,回到书场里,发现书台上放着一个小纸包。他还以为和平日一样,是热情的听众赠麻糕、麻酥糖给说书(评弹演出之俗称)先生吃,不以为然。当他在台上解开纸包时,突然发呆了,原来是一堆西瓜子和五香豆,他好生奇怪,继而有点不悦和生气,认为这是听众将吃剩的东西抛到台上,愚弄艺人。再仔细一看,下面附着一张纸条,蝇头小字,端端正正。他急忙抽出,发现上面写着打油诗一首:

多少"那么""老实讲",好像念经老和尚。

瓜子豆粒代记数,请你自己数清爽。

看到这里,他面颊顿时红了,想着这位听众提意见的手法幽默有趣,而且一片诚意,他只有好感没有反感，急忙将纸包捧起，到后台房中认真地点了一下，总共五十四粒西瓜子和六十三粒五香豆，也就是说他这回书中的说表中有五十四个"那么"和六十三个"老实讲"。

善意的批评激励了这位说书先生，他虚怀若谷，由此重视语言的净化，后来，成为书坛的响档（在听众中具有较大名声及影响的演员，并非指嗓音响亮，而是象征声誉鹊起）。

我曾听过评话艺术家金声伯在无锡说《包公》，中间打诨插科（说诙谐逗趣的话，并表演引人发笑的动作），说："迭只电风扇蛮有劲，只扇下身，不扇上身。"此话怎讲？听众顿时被吊起胃口。金声伯随即巧用借语，说："因为它的名字叫'华声'。"哦，听众大悟，原来说的是华声牌电扇。

无锡书码头，过去每逢阳历年底，会有迎新年、迎元旦会书，逢五、逢十会有大型会书，邀请江浙沪名家来表演名段，煞是好听，大有一票难求之状。

春雨蒙蒙梦江南

春雨贵如油。当我们在潇潇春雨中行走时，总回想起诗中的雨巷，有结着愁怨丁香一样的油布伞，在悠悠的巷子里徜徉。

多少人愿在江南小桥流水般的诗境里忘我，又有多少人想在那江南杏花春雨里登仙、融化，做那江南的千里伴侣、万年缘客。

江南在哪里？江南在梦里。温庭筠的《梦江南》："梳洗罢，独倚望江楼。过尽千帆皆不是，斜晖脉脉水悠悠。肠断白蘋洲。"这里的江南，是有着一位倚栏凝望的痴情女子。词人心中江南在哪里，我们不得而知。皇甫嵩也有《梦江南》："兰烬落，屏上暗红蕉。闲梦江南梅熟日，夜船吹笛雨潇潇，人语驿边桥。"这首词描绘了江南夜雨图，笔下江南，正是皇甫嵩的家乡睦州新安（今属浙江），非常确指。可见每个人心中的江南梦并不一样。

江南春雨，每逢杏花开放时。"杏花""春雨""江南"总被并列提及，这三个词拆开来十分平凡，而连在一起便顿觉隽妙可喜。烟雨迷蒙中有了杏花,便不再厌烦春雨之煞风景了。

春雨常绵绵,落英缤纷,每逢含苞未放时,就有风雨来,我自护花无术,徒唤奈何而已。然而,陆游却有"小楼一夜听春雨,深巷明朝卖杏花",自有佳致。更有宋祁咏杏"红杏枝头春意闹",一个"闹"字,鲜活全出,被传诵至今,不愧为红杏尚书。

一场春雨一染绿。春分之后,油菜花黄了。但这黄中掺进了绿,一种特殊的绿,带着生命萌动的绿。究竟是它们给整个江南染上的色,还是江南统一的色调调和了它们?

趁着江南的蒙蒙春雨,去大自然观赏湖光山色,那山影、云影、帆影和绿树倒影,令江南风情万种。我俯下身,掬一捧水,一股清风带着水汽吹上脸颊,湿湿的、凉凉的,心也变得澄碧、柔软和滋润。

江南春雨润九州,春江水暖梦天下。江南春常在,四季韶乐奏。等到杏熟,雨停了,心欢了,幸福了,满心都是。

江南春雨,轻柔、微凉。俗话说:一场春雨一场暖。春雨之后,柳叶吐嫩,大地返青,绿色更亮,是春天的代言。

江南春雨,让肌肤感受柔雨的清新和细腻,春雨飘飘,是一幅雅致的画卷,如写散文,思绪飘飞。

江南春雨是绝世之美,因为,它绿了山峦,漾了湖水,唤醒了大地,滋润了草木,也醉了人间。

春　语

　　季节，总是从春天开始，年轮的门槛也总是随着新年钟声的敲响而开始。

　　农历己亥猪年终于来了，先从鞭炮声中起航，又从一缕微风中吹起。春天，生命的使者，绿色的交响曲；春天，大地的渴望，新生活的乐章。春天，人们向往的季节：锄禾、读书、旅游、健魄、倾诉、寄托……唯有春天，写诗如对酌，微笑最灿烂，幽香而淡远。

　　春天，如水，如花，如棋，如茶……

　　春天，少年长身体，中年长智慧，老年添长寿。

　　春天，空气清新，给人以向上、拔节之力；春天，让您有平静之心、充沛之心，学会从春天走进大自然，就知人生的旷达与况味。春天，是信使，更是语言，响在夏天之前，响在暗夜之后的日出。

　　请亲吻那带着新鲜的露珠，拥抱春天气息的人生大树吧！

　　春天，是微信好友一起礼赞，一起祝福，一起点赞,一起微笑的季节,做好春天的加法,才有夏天、秋天和冬天的乘法。

一年四季,人生之路,履痕处处。

春天,有母亲的滋润,有兄弟姐妹的亲情,有朋友的真情。春天,我曾讨厌过,但我离不开春天,就像离不开线上的每一位微友。

您好,春天!

您好,微友!

话说七夕

今日农历七月初七,也称七夕。

无锡旧时风俗有"乞巧",且流行很久很广。这天夜晚,妇女们纷纷结彩线,穿七孔针,谁一下子就穿上,谁就是巧手。行乞巧的常是少女居多,届时,长辈为她们准备一碗"鸳鸯水"。所谓"鸳鸯水",也称阴阳水,即由井水与河水混合而成。院中安放一张茶几,把一碗水放在茶几上,少女们围在茶几边,依次将一枚绣花针平放在碗中水面上,在日照下,碗底就现出各种各样的投影,有的像棒杵,有的像黄瓜,有的像放大了的绣花针——这是最好的兆头,表示那个投入的少女乞到了巧,今后会更灵巧。

妇女在乞巧时,还用各种杂花浸泡在水里,然后,把容器露置在庭院中,第二天取来搽面,据说搽了以后可使肤色娇嫩白净;并捣凤仙花汁,染无名指和小指,称"红指甲"。用这种植物汁水搽脸、染指甲环保清洁卫生,古人很聪明。

有的在乞巧时,还唱着乞巧歌:"乞手巧,乞貌巧。乞心通，乞颜容。乞我爹娘千百岁，乞我姊妹千万年。"以表达她们的良好祝愿。

旧时风俗随着时代发展渐渐消逝，但反映了民众在七夕时的良好愿望。

好在2006年5月20日，"七夕节"被国务院列入第一批国家级非物质文化遗产名录，古老的七夕节已被演绎成浪漫的"中国情人节"，牛郎织女鹊桥相会的典故传诵至今。

江苏红豆集团已连续二十一年举办"红豆七夕节"，给这个原属于农耕文明的七夕节注入了新的时代元素。

今天，我们还可去市里和周边景区逛逛，去融创文旅城，去摩天轮，去拈花湾，去看电影，还可去大剧院听中国爱情诗朗诵音乐会。

中国人要过自己的节日，复兴传统文化，情侣们可通过合适的方式表达爱意，男士不忘七夕节，女士注重仪式感，给七夕节赋予时代意义。

让人感动的是，
九十岁的他还送书给我

一个半月前，于铸梁老师打电话我，邀请我参加他在山明水秀大饭店的九十寿庆。正好我要参加小辈的婚礼，并答应去做证婚人，故脱不开身，电话里做了解释，并表示遗憾。我祝于老师健康长寿，安度期颐。

7月25日中午，于铸梁老师打电话给我，说要送我一本书，已叫儿子开车到阳光城市花园附近了，我连忙出门去迎接。他给我的是一本《友谊情深纪念册》，由中华秦观宗亲联谊会和无锡祠堂文化研究会秦氏分会编，也是《秦氏文化研究》总第152期附刊，内容即今年6月5日活动纪念册。

厚情铸岁月，文笔为津梁。这是这次《秦氏文化研究》第二辑合订本首发暨于铸梁先生九轶荣寿庆典圆满举行后，一篇报道的综述标题，很贴切。

我认识于铸梁老师大约在2007年，通过著名散文家丁一老师介绍。后于老师一路帮助我，在出版方面他陪我去苏州大学出版社等,并联系多家出版社帮助出书。十五年来,交往有疏有密,但未间断过,从心里非常感激他。

于铸梁老师是"文革"前的老大学生,一生教书,教过英语、俄语、语文、历史、地理等多门学科,及高三毕业班的学生,桃李满天下。他为人谦虚、低调、务实,出门穿一双布鞋,拎一只布袋,袋装书籍或校对稿。

他清瘦朴素,一缕银髯,出版、翻译文学作品和工具书一百六十多部,出版的书堆起来,超过他本人的身高,是奇人。他几乎把所有的积蓄全部用在文学创作、文化出版和慈善事业上,学问至深,学养至厚,境界至上,基因至好,精神财富至丰。

大伏天气,酷暑难耐,于老师以九十高龄上门送书,实在让人感动。

纵横正有凌云笔,高山仰止显清平。

我衷心感谢于铸梁老师上门送书送精神食粮,并祝福他老人家身体健康、长命百岁。

夜游拙政园

日前，随江南文化研究会的文化人士去苏州拙政园游夜。中秋来临，明月当空，夜游文人写意的山水园林，别有意趣。

拙政园，桂冠众多，现是世界文化遗产、全国重点文物保护单位、国家AAAAA级旅游景区、全国特殊游览参观点，已有五百余年历史，历经沧桑变幻，以其人文历史、文化内涵、园林风光而著称于世。

1979年我曾去过，那是白天。如今，以"拙政问雅"为主题的园林艺术夜游，让游客有沉浸式的体验。

造园大师将拙政园中的古代文人雅士精神与造园美学中的山水观、宇宙观结合起来，加上现代人以崭新、别致的多媒体艺术，充分尽显古典园林的山水雅趣。夜间移步拙政园，我看到的是当今拙政园借光音之法，重塑了中国东方造园的空间诗学。

两位昆剧演员正在太湖石旁边表演《牡丹亭》，音响、灯光作用下，如一场跨越五百年的时空邀约。我们几位坐下来欣赏片刻，隔岸观看，是一次当下与经典的碰撞、际会，是一回视觉与心灵的艺术穿越。

　　汤显祖是明晚文坛、政坛上的重要人物，是世界级文化名人，而《牡丹亭》是汤显祖最著名的剧作，与莎士比亚的《罗密欧与朱丽叶》有异曲同工之妙，结尾都带有光明的色彩，因而几百年来受读者、观众欢迎。《牡丹亭》经久不衰，在思想深度上比《罗密欧与朱丽叶》要略胜一筹。在拙政园赏《牡丹亭》片段，释放出的是震撼人心的力量。

　　著名园林专家陈从周一直主张苏州园林要有昆曲音乐相配，这样看来才迷人，够苏州。现在，夜间灯光闪烁，更尽意境之美。

　　夜游拙政园，清雅平淡，多书卷气，墙上书画、飞鸟走兽，能动会飞。当我来到"听雨轩"，背景是雨打芭蕉，那场景，诗意浪漫，十分迷人，仿佛进入《雷雨》剧中。

　　夜游拙政园，有高有低，有藏有隐，有动观，有静观，有节奏，宜欣赏。人游其间，油然而生一种悠闲的情绪，虽匆匆而来，但到此一游，宜坐、宜行、宜看、宜想，让人感到曲终而味未尽。

　　写到此，那"粉墙花影自重重，帘卷残荷水殿风"的清新词句，依稀在我耳边。时已入白露，但在我的感觉上，仿佛又进入了如画的拙政园。

四季风物

蕈 油 面

吃面，每个地方各有特色，如兰州牛肉面、山西刀削面、武汉热干面、湖州虾爆鳝面、镇江锅盖面、苏州焖肉面、昆山奥灶面，不胜枚举，到常熟吃蕈油面，可谓另有特色。

所谓蕈油面，就是用雁来蕈作为面的浇头。蕈，是一种野生菌。雁来蕈，肉质鲜嫩，菌汤美味可口，是菌中上品，有"厨中之珍""素中之王"之称。

常熟虞山山中的野生鲜蕈，非一般蘑菇可比，呈深褐色，也有的偏红。秋天采摘时，恰逢北雁南归，因此而得名。一般雁来蕈生长在松树下，它们簇拥着大大小小的几十株蕈菇，犹如童话中的矮人。小菇往往害羞似的藏在大菇身后，伞盖浑圆而有光泽，中间略有凹陷，四周向下内卷，反面是细密的褶裥，好似雨伞的伞骨，由一根根粗壮的菇柄支撑。

雁来蕈鲜味与生俱来，营养价值极高。一碗蕈油面，浇上一勺蕈油，色、香、味皆俱，油中清透，面健而不软，雁来蕈略带嚼劲，那面汤回荡于舌尖，渗透到大脑，充彻肺腑。当我把面汤全部喝完，还有蕈香从味蕾中释放出来，因为它是素的，有一种绵绵长长的鲜味感。

由于雁来蕈生命很短，采摘期前后不过一周，所以显得珍贵。元朝就用雁来蕈作为宫廷春盘面的佐料。雁来蕈虽然娇嫩，但不怕蒸煮，久烧不糊。雁来蕈可制成酱油，熬至汤汁起腻时，色如赤，玉滑如莼，下面条时，用汤无须添加味精已足够鲜美。

南宋诗人杨万里的《蕈子》诗，对蕈子赞不绝口，称"响如鹅掌味如蜜，滑似莼丝无点涩。伞不如笠钉胜笠，香留齿牙麝莫及。蓤羔楮鸡避席揖，餐玉茹芝当却粒"。历史上晚清大学士翁同龢吃了蕈油面后，同样赞赏有加。

几年前，常熟人在无锡建筑路的邱巷上，开了家常熟面馆，独家经营蕈油面，食客也就用不着赶到常熟去了。我去吃过两次，蕈油面一碗价格在35元，比一般荤汤面略贵，但这一碗吃下去，舒筋活血，打开了新的一天。

元宵"走三桥"

日月如梭,一晃又到了正月十五,又称正月半。不出十五都是年,拜年拜到正月半。

按照习俗,元宵节,是春节过后最热闹的节日,过了元宵节春节的气氛似乎就淡了。

元宵节,要张灯观灯,且灯的品种层出不穷,如龙灯、凤灯、荷花灯、麒麟灯、兔子灯、宫灯……灯上还绘上人物、故事、花草虫鱼、飞禽走兽、山水楼阁等图案,随着时代变迁,科技元素体现在灯上,如火箭、神舟号、蛟龙号、机器人、手机、电脑、飞机、冰墩墩……加上光电效应,使灯的光彩格外吸引人。

曾记得,当年工人文化宫里,元宵节人山人海,年年举办猜灯谜活动,盛况空前。本人亦乐此不疲,往往能将粘贴在碧纱灯上,后改为串在绳子飘带上的谜面,猜中一二,甚至三四,心情甚好,乐不可支。

元宵节,也是火树银花,一帘花雨,揭天鼓吹闹春风的日子。白天看舞龙灯,晚上闹元宵。

"金吾不禁夜,玉漏莫相催。"正月十五之夜,是不禁之夜，确是难得，故热闹欢乐，计时的玉漏是不能再相催了，人们尽管涌上街头，去呼吸自由的空气。

苏州、无锡地区这一带，元宵节之夜，吃好晚饭须"走三桥"，来回不能重复。走在桥上，观赏河的两岸，柳树已吐露嫩芽，透露出春的气息，人们盼望春的到来。

"走三桥"，传说是能够消除百病。姑且不论是否真实，但在皓月当空之夜，家人们三五成群，观看花灯，无疑是一个轻松快乐的良宵。于是，许多人间悲喜剧也在圆月之夜发生了。《王老虎抢亲》中的周文宾，就是在元宵之夜，男扮女装上街看灯，被恶少王老虎抢走，结果却由此而觅得了佳偶，演成了人间喜剧。这当然是我们熟悉和津津乐道的故事罢了。

元宵节吃圆子等时令食品，现在还是能做到的，这简单方便，应市应节。因环保和净化空气，实现"双碳"目标，不燃放烟花爆竹已成为大家公认的约定。

元宵"走三桥"，从健康角度讲，犹如饭后走百步，也是对人体有利的。

有灯无月不娱人，有月无灯不算春。今度元宵良辰日，春到人间添精神。

食 虾

前几个月,常州姐兄来无锡,我们姐妹兄弟五个,欢聚一堂,到"楼上楼"点了盘清炒虾仁,蛮有味道。这道菜既是无锡传统菜,也是苏州特色菜。据我所知,苏州人一直喜欢把清炒虾仁作为头道菜奉献给宾客。"虾仁"与吴语中"欢迎"同音,因此,把炒虾仁作为宴请、会友的头道菜以示欢迎。

说起吃虾,想起20世纪80年代初,单位一位老领导,吃虾有模有样,那真正是舌尖上的功夫。他每一只虾都吃得干干净净,留下了一只只透明完整的虾壳,十几只虾像战利品一样,排在台桌上,令人傻眼,佩服之至,我至今仍未学会。食堂的范班长亲自烧煮,味特别好。据说葱姜酒先放与后放大有讲究。俗话说:千滚豆腐虾一烫。煮虾水开,即可捞起。

清袁枚在《随园食单》中就对制虾作了详尽的描述,对虾圆、虾饼、醉虾、炒虾有详解,为我们留下了宝贵的文字和制作技法。

我试过几次,就是制作不好炒虾仁。据说要把虾仁水沥干、放盐、上浆、醒透，冷油锅拨炒，看似简单，弄弄就不像。我佩服大厨的基本功，太湖船菜有名菜清炒河虾仁，能传至百年，可见经典。

前几年，曾跟着渔民去太湖看捕鱼，捕上来有很多湖虾（青虾）和白虾。我形容虾像戏曲里的丫鬟，清新活泼且略有心机。无锡地处太湖之滨，湖泊河港众多，是虾生长的好地方，因而也是无锡人的口福。吃生日面，端上来的面浇头有虾、菠菜、百叶、黄豆芽。虾是不须剪须的，衬托长寿，很讨口彩。

虾，全身是宝。食三虾者，指虾仁、虾籽、虾脑。去年，与游兄去沪地看老同学李兄，回锡路过苏州，一心想吃三虾，只因时间晚了些，已到下午两点，且每天供应数量有限，因而没有吃到。

记得以前吃三虾，会在装三虾的盘底放上一片碧绿荷叶，映衬出三虾的鲜嫩，虾仁还飘带着荷香。

虾，喜爱的人多，且吃法太多，如虾球、虾松、炸虾、炝虾、酱虾、小虾炒韭菜、虾干、虾米烧汤、虾仁炒蛋……

无锡人与虾最有缘，食之，无肥腻感。虾菜乃美馔，不要说陆文夫、陈逸飞、贝聿铭欢喜，寻常百姓也欢喜哉。

笋夫豆

清明前后，大量春笋上市，而我犹喜食笋夫豆。

笋与黄豆性情相投，一拍即合，笋的鲜美与黄豆的糯香是绝妙的搭配，放在一起煮，黄豆吸收了笋的清鲜，笋吸收了黄豆的不腻，余香满口。

笋夫豆，无锡人的传统菜，地方特色菜，可入正餐，可当早菜，晒干后还可当零食，不知能否录入《舌尖上的中国》？

一般制作方法是隔夜先将黄豆用清水浸泡，第二天与笋同煮。笋可切成块、小长条状，随各人欢喜。煮时用大火，烧至十分钟后，可用文火煨一个小时，放老抽、八角茴香、赤砂糖、精盐少许。吃起来清淡、鲜嫩、可口。

笋夫豆，煮烧时，能闻到一股清香，那香气是来自山里的新鲜空气，沁人心脾。那黄豆如花，是一阵妩媚的春风，带来春天特有的气息。两者依偎，养足精神，深深滋养着江南人。

吃笋夫豆，吃出的是味道，也吃出了人间生活的简单、极致。

晚清随园主人袁枚在《随园食单》里说，黄豆具有吸附油腻的功能。

春笋，细、长、瘦、嫩。俗话说，客中虽有八珍宝，哪及山家野笋香。笋可称为"菜中珍品""蔬菜第一品"。这个节气，还是"笋打官司"的时候，笋烤肉、腌笃鲜、油焖笋、笋烧鸡汤……中医认为，笋味甘，微寒，清热化痰，益气和胃，治消渴，利水道。笋是多纤维食物，低脂肪，低糖，细细品嚼，略有一丝甜味。食笋能促进肠道蠕动，帮助消化，去积食。

常见竹林丛生之地人长寿，恐怕与常吃笋有一定关系吧。

油豆腐酿肉

无锡传统家常菜油豆腐酿肉，百吃不厌。

菜场上买一斤多新鲜腿心肉，请摊主洗净，当场摇成"肉茸松"，回来放葱、姜末、黄酒、少许细盐，一起与"肉茸松"调和。酿肉时，油豆腐口子开小些，小盖子仍与油豆腐相连，肉酿进去后，将开的小盖子轻轻盖上，烧起来完整，看相好。煮烧时，放适量生抽、老抽、红糖、姜片、葱段、八角茴香、花椒、香叶，一锅烧起来，浓油赤酱，味鲜喷香。隔壁邻居开门正好出来，闻了香味，说：烧格啥格菜啊，辰熬香啊！

养老院里住着九十三岁的姑妈，最欢喜吃油豆腐酿肉，不妨送点去让她尝尝。"热卜落落里"送去，有点"甜笃笃里"，味道"鲜落落里"，说"食堂里吃勿着伊格菜格"。

现代人被手机捆绑了，我企图从中跳出来，写点"豆腐干"之类的短文，事实上还是跳不出如来佛的手掌。

再见三月　握手四月

三月,今天最后一天。三月的风是暖暖的,吹在树梢,树梢便生出一对对鹅黄的翅膀,让三月自由自在地飞翔。

三月,再见。四月,正向我们挥手。

回眸三月,醉美樱花,粉白相簇闹枝头,金匮公园、鼋头渚公园人相簇拥。有微信言:无锡是世界三大赏樱地之一。是否确切,待考。不过,称无锡是座樱花城,为之不过,夜樱更是璀璨耀眼。

花间一壶酒,一杯送三月,一杯敬四月。

微风拂面春意浓,桃花依旧笑春风,最美不过四月天。

四月起,无锡公交、地铁换乘优惠全覆盖,无疑是福音。

四月,好事不断,愿您要的能如意,得不到的全释怀。

四月,香嫩雨前茶,颐养身心时。

四月,小雨淅沥,似烟似雾,把柳丝装扮得靓丽。

四月,轻风吹麦浪,微风撩抚你的笑脸。

四月,梅园郁金香盛开,紫、黄、红……染一季芳菲。

四月,佳期如许,用脚步丈量大地,用心换成风和日丽。

四月,春耕人不忙,秋后人脸黄。

握手四月,让我们一起,不负春日好时光。

今日话惊蛰

  今日3月6日,惊蛰。物候是桃始华,仓庚鸣,鹰化为鸠。蛰,是藏的意思,动物钻到土里冬眠过冬叫入蛰,到第二年回春后再钻出土来活动。古时认为是被雷声震醒的,故称惊蛰。从惊蛰开始,可以听到雷声,蛰伏地下冬眠的小动物被雷声震醒,出土活动。

  对于四季分明的江南水乡,早春是多么美好的季节。惊蛰开始,阳光明媚,暖风和煦,燕子唧啾,带来绿色的希望。"独先天下而春",无锡人将梅花看作是春的使者,每到惊蛰前后,三五知友纷纷到山野,到有梅的地方去探春,打听春的消息,此时,梅花已开了七至八成。

  无锡当然以梅园最为著名,山前山后梅树成林,繁花如雪,疏影横斜,暗香浮动。花树随山坡起伏,迤逦数里,俨然是一片花海;人随梅舞,自拍、互拍、合拍,"相逢差慰一春心,空山不负骑驴访"。

  我爱梅花,只因它琼肌玉骨,是物外佳人,群芳领袖。我家姐妹兄弟五人,我把梅花五瓣看作是福、乐、寿、喜、财"五福"的象征，赋予了家庭和睦吉祥。无锡人赋予梅花深厚的文化意蕴，难怪春信微茫之时，惊蛰前后要四处出动去寻梅、探梅和赏梅了。

过了惊蛰，春耕不歇。"惊蛰一犁土，春分地如筛。"

惊蛰乌鸦叫，春分地皮干。也有"打雷惊蛰前，月半不见天"。此时种下希望的种子，可期待收获的幸福。

惊蛰，二十四节气之一，古老又新鲜。

谷雨时节话谷雨

今年谷雨,在 4 月 19 日。谷雨,二十四节气之一,此时,雨生百谷,雨量充足而及时,谷类作物能茁壮成长。农谚有言"清明谷雨三月过,整理秧田早插禾",所以,谷雨对农作物非常有利,要护好苗床,做到匀、细、平、肥,秧好才会稻好。

谷雨物候为:萍始生,鸣鸠拂其羽,戴胜降于桑。所谓物候,就是指植物和生物的生产活动规律随季节、气候变化,产生的各种不同现象,如植物发芽、开花、落叶,动物迁徙、鸣叫、冬眠,以及各种水文气象,如雨、露、霜、雪、雷等。

谷雨,在古时有"走谷雨"的风俗。在谷雨这天,乡间年轻的姑娘和媳妇们,都要到野外散步、走村串亲,与自然相融合,强身健体,意图走出一个五谷丰登、六畜兴旺的好年成。

谷雨前后,还可赏牡丹,这时,是牡丹花开的重要时段。今年天气热得早,谷雨前半月已牡丹花灼灼。

谷雨雨水渐渐频繁起来,河里的浮萍开始生长,要不了几天,浮萍就像一块绿色的锦缎一样,铺满水面,呈现繁荣景象。在这春意最美最浓的时刻,美丽的鸟儿飞临桑树之上,使春天变得更热闹起来。诚然,离夏天也不远了。

唐人齐己有诗云:"春山谷雨前,并手摘芳烟。绿嫩难盈笼,清和易晚天。且招邻院客,试煮落花泉。地远劳相寄,无来又隔年。"此诗描绘了谷雨前后人们采茶的情景。茶农在山上缓缓而动,因为只摘嫩叶,一个篓还未摘满时,天色就已晚了,采茶虽辛劳,但以茶招待邻居、赠送知己是一件美好的事情,因而谷雨茶也是谷雨节很有代表性的一种食品。

农谚还有"谷雨有雨好种棉","过了谷雨种花生","谷雨下秧,大致无妨"等,这些谚语风格朴素,意象鲜明,且很管用。

有意思的是,谷雨在弹词中也有开篇演唱,如《西厢》中:谷雨时节好养蚕。

草木得水则活,人喝雨前茶则滋润。

一年四季在于春,让谷雨给我们带来农业上的丰收、生活上的便利和身体上的健康。

话说芒种

二十四节气歌中有"夏满芒夏暑相连",其中芒即指"芒种"节气。又到芒种了,今年是6月6日。

农民耕耘收获,每视节气为标准,自改用阳历后,农民对二十四节气,如失依据,似有不便。有谚道:"端阳有雨是丰年,芒种闻雷美亦然。""四月芒种雨,五月无干土,六月火烧埔。"芒种日若下雨,则五月少有晴天,而六月则干旱无雨,酷热异常。气候在变化,当今还是要以天气预报为准,因为是据卫星云图分析,科学性、准确率比乡间农谚更靠谱了。

芒种,寓意是有芒的夏熟作物该收割了。此时,去田埂看看,麦浪翻滚,油菜成熟,一片劳动号子,一色开镰景况,你会知道粒粒皆辛苦。

芒种,一般为6月5日或6日。尤其是麦类等有芒作物皆成熟。芒种开了铲,夏至不拿棉。芒种螳螂生,鹃始鸣,反舌无声。芒是植物的收获,种是谷黍类作物播种的节令。《月令七十二候集解》中:"五月节,谓有芒之种谷可稼种矣。"这正是人们常说的"三夏"

大忙季节。

芒种，是农历二十四节气中的第九个节气，也表示仲夏时节将始。芒种可理解为："有芒的麦子快收，有芒的稻子可种。"

宋代范成大的《芒种》诗云："乙酉甲申雷雨惊，乘除却贺芒种晴。插秧先插䆉籼稻，少忍数旬蒸米成。"芒种前后，雷雨天气特别多，人们希望天气赶紧由雨转晴。诗中说插秧最好先插籼稻，因为坚持几十天稻米即可长成，表达了人们对丰收寄予的厚望。

有意思的是，二十四节气与评弹可组合在一起，如《西园》对立春、《风筝误》对清明、《西厢》对谷雨、《牡丹亭》对立夏、《小簪》对小满、《渔家乐》对芒种、《义侠》对夏至、《白罗衫》对小暑、《望江亭》对大暑、《西楼》对处暑、《翡翠园》对白露、《折桂》对白露、《烂柯山》对寒露、《红萼滩》对霜降、《麟麟阁》对立冬、《绣襦》对小雪、《幽阁》对大雪、《琵琶记》对冬至、《邯郸梦》对小寒、《雪飘空》对大寒……可谓匠心独运，与物候丝丝相扣，令人拍案称好。

喜看芒种遍地黄，大地安康多富饶。芒种一过就插秧，水过秧立，人移田绿，精耕细作，生活充满光芒和希望。

"不违农时"是农业生产要事,"祈求丰收"是农村主题,种田看节气,芒种就开镰。

说农事,话年景,谈节令,田埂、豆棚、瓜架、篱舍、柴扉、村户……曾当过知青的我,把它当作一袭吉祥纳福的彩云袈裟,护佑乡亲们。

话说夏至

夏至,"至"乃极也。夏至是日影长至极端的意思。这一天,太阳黄经为90度,直射北回归线,是北半球白天最长、黑夜最短的一天。古人又称这一天为日北至或长日至。过了这一天,白天将渐短,夜晚将渐长。

农谚歌称:夏至风从西北起,瓜蔬园内受熬煎。

无锡素有"冬至团子夏至馄饨"的习俗,到了夏至这一天,家家户户都会吃上一碗馄饨。只要一户人家包馄饨,隔壁邻居都能分享到,有的整个巷上会端来端去。

夏至物候:鹿角解,蜩始鸣,半夏生。

夏天开始,首先出场的是蝼蝈和蚯蚓两个小小的生灵。立夏蝼蝈开始第一声鸣叫,几天后,蚯蚓也开始爬到了地面。黄瓜开始蓬勃生长,不经意间爬绿了一片。

唐代权德舆《夏至日作》:"璇枢无停运,四序相错行。寄言赫曦景,今日一阴生。"

这首唐诗名为夏至,写的却是自然阴阳之理。诗说大自然不停地运行,四季交错,虽然夏阳如火,但却意味着阳盛之中也有阴生。

夏天到了,春争日,夏争时。吃了夏至面,一天短一线。

因夏至新麦已登场,所以苏州人夏至是吃面的,有尝新的意思。从营养学角度来讲,夏至前后,新鲜的面粉里营养成分较高,这时候吃面,一是庆祝丰收,另一方面,是从面条中汲取丰富的养分。

夏至前后,农事忙收割。说起收麦,曾在田里拾过麦穗。健硕的农民挥镰割麦,当齐刷刷的麦子躺在麦场上时,剩下来的活,就是我们当初去学农的学生们拣拾零碎麦穗,不让粮食浪费。拾完麦穗,即要翻田灌水,开始莳秧了。20世纪70年代查桥吼山种的是双季稻,记得有"老来青""世界稻""麻经糯"等,但是产量不高。在红色口号"宁愿瘦掉几斤肉,勿让稻田面积缺只角"的声势下,我也加入了莳秧的行列,当然仅是"练一颗红心"。欣喜数月后,稻浪翻滚,"秧担碰着稻担,稻担碰着秧担",那就是指的"双季稻",它是首尾相接种植,为的是增加粮食产量,但确实口感不好,后来也不再推广了。

四十多年前的农村,夏至过后,萤火虫会在流光溢彩的夜色中欢舞。我常常拿个原来装青霉素的小空瓶，将闪亮的萤火虫捉了放进小瓶子，好像只有这样，夏夜才会充满灵动、美丽。它那种动人的绚丽，确实会让人忘却了夏夜的闷热和烦躁。萤火虫的发光器有照明功能，但主要作用是发送信息、传递思想，仿佛人类之间用语言交流一样。如今，四十多个夏至过去了，萤火虫随着环境的变化，在我们江南一带已很难见到了。

清代潘荣陛《帝京岁时纪胜》记载："是日，家家俱食冷淘面，即俗说过水面是也。"另外，还有民谚："夏至多吃面，出门防雷电。"

《内经》中对夏的倡议："夏者，天地交化，品物华实。早卧早起。"

夏天，万物茂盛，欣欣向荣，所以应该早睡早起。

夏至起，还有"夏九九"之说，即从夏至起，每九天为一个单位，以此来推算天气暑热变化。《吴下田家志》记载了一首夏九九歌："一九至二九，扇子勿离手。三九二十七，冰水甜如蜜。四九三十六，试汗如出浴。五九四十五，树头秋叶舞。六九五十四，乘凉勿入寺。七九六十三，床头寻被单。八九七十二，思量盖夹被。九九八十一，暑尽秋风起。"

夏至前后，杨梅登场。杨梅果如弹丸，色赤，滋味酸甜。这期间，品天下名果，为世人所称。可喜的是，无锡马山杨梅作为无锡名优土特产、无锡市名牌农产品，已成功注册了国家地理标志。顺带一笔，无锡还有三个成功注册国家地理标志的产品：阳山水蜜桃、大浮醉李、阳羡雪芽。

《太湖备考》：杨梅，出东西两山及马迹山，味最佳。

二十四节气，发源至今已有数千年之久，当我们认识、认知、理解、领悟和运用时，节气又是焕然一新。夏至与其他节气一样，与夏耘、生命节律、节气时令紧密相连，回应着人们共通的文化情感和时间经验。

夏至已临，恰如天地，宛若阳光。她古老，又新鲜。

蚕豆花开紫悠悠

赏不尽春色,看不够春景,吃不尽春味。

眼下,正是踏春好时光,也正是惜春尝鲜时。

迈步菜市场,外地蚕豆涌早上市,我们常称其为"客豆",因福建、浙江一带每年春来早,果蔬比苏南早熟,现在吃到的蚕豆均为外地蚕豆。

无锡本地蚕豆,通常要至立夏前后才大量上市,往往比客豆晚一个月至一个半月,季节差异致蚕豆上市有先后。

今年立夏为五月五日。俗话说"立夏见三鲜","三鲜"即蚕豆、苋菜、蒜苗。因现代交通运输发达,现在已早早看到"三鲜"了,当然,有些是在暖房里生长出来的。

每当这个季节,主妇们会采购一大包抛货回来,让全家人一饱口福。

蚕豆豆瓣大,形扁平,皮薄,味甘,微辛,性平。

据史料载,蚕豆"大如拇指者味佳"。殊不知,蚕豆曾在全国农业展览会上展出,1959年世界博览会上也曾展出过。

烧蚕豆,须油爆,重糖少盐,甜笃笃,味津津。烧时水要盖过蚕豆,起锅时就不会出现皱皮,卖相好看。无锡人还欢喜在蚕豆上戕一刀,吃时皮易脱落,入口即化。

蚕豆用途很广,既可佐菜,也可当饱。初夏的鲜蚕豆味道极佳,香糯舒心,有时候一个人也能吃上一碗。干蚕豆炒熟后,格外好吃。用爆米花机爆出来的蚕豆,香酥可口,小时候抓了一把去上学,路上吃得满口香味,一到学校总有同学讨吃,我当然慷慨解囊。第二天又装上一把,深得同学们青睐。

用蚕豆做成的发芽豆,放上茴香、精盐等制成五香豆,曾是孔乙己的最爱。上海城隍庙的五香豆就是用蚕豆制成的,有五香、奶油、咸味等,过去去上海出差,总会带点回来。

蚕豆含有多种氨基酸,营养价值高,既可直接食用,还可制成酱、酱油、粉丝、粉皮,蛋白质含量丰富,不含胆固醇,可预防心血管疾病。蚕豆中的维生素 C 可延缓动脉硬化,适当进食蚕豆对记忆力也有一定的功效。蚕豆中的钙,有利于骨骼的吸收和钙化,能促进人体的生长和发育。

蚕豆开花时花叶心呈黑色,故称"蚕豆花开黑良心",这是植物开花的形态。做人莫学蚕豆开花有黑心,从善抑恶多积德,人生达观,心就是田野。

在苏南一带,通常小麦到了收割时节,本邑蚕豆也坐果应市了。

端午话"三叶"

时间真快,又到端午节。去年写了篇《文人笔下的端午节》,今写端午"三叶"。

民间有端午节吃粽子、挂菖蒲、吃苦菜之习俗。这三者均与草叶有联系。粽叶又称箬叶,具清热止血、解毒消肿等功效。箬叶的多糖还具抗癌之效。用箬叶水洗脸,爽肤芳香,抑菌清洁,是天然的保健护肤品。用箬叶包粽子,别具清香,叶子易化归泥土,来之无痕,去时无踪,环保安全。

菖蒲,与兰花、水仙、菊花,并称为"花草四雅",种植历史悠久,始于西汉皇家园林种植,古诗文中常提到它。《仪礼》中曾记载名为蒲的植物。菖蒲为苏东坡、陆游所爱,也是画家笔下的常客。菖蒲叶子四季常青,使人心情愉悦,是防疫驱邪的灵草,是文人书房的清供上品,清香绿意,无媚俗之姿。江南地区常在端午节在家门口插艾草,挂菖蒲,辟邪祛秽。一般选宽叶的较好,香草阔叶,表示善良,心胸开阔。

苦菜,属野菜之类。叶子圆状披针形。晾晒后当茶叶，气味特殊，过去只有荒年或特别的地区才会采食，潘富俊著的《草木缘情》中有交代。

端午食粽子、挂菖蒲、吃苦菜，人们普遍认为与屈原有关，与五、六月天气闷热有关，须祛毒采百草，以减少发病。

节令民俗，源于天体运行所带来的气候，物候，是色彩斑斓的社会、民俗风情画。

农历五月初五，是端五节。"端"是开始的意思，五月的第五天，称为"五月端五"，后发展为"端午"。

除了"三叶"之说，还有划龙舟等习俗。唐末诗人文秀的《端午》诗，较明确指出了端午节的起源，他写道："节分端午自谁言？万古传闻为屈原。堪笑楚江空渺渺，不能洗得直臣冤。"

大地宽厚，草木生情，节令民俗是传统文化的魂魄所系，根之所在。明年再来话端午。

四 角 菱

早上去菜场买菜,已见四角菱上市,一斤十五元。我便买了十元的尝尝,还好,肉质尚硬,略有菱香。

说四角菱,其实,买到的是二角菱,但百姓通称四角菱。

今年四角菱上市早了些,时间上才阳历七月中旬,而一般要到桂花飘香季节。

《红楼梦》第三十八回《林潇湘魁夺菊花诗,薛蘅芜讽和螃蟹咏》中,写道:"芙蓉影破归兰桨,菱藕香深泻竹桥。"这里提到的分明是中秋时节。

七月半,翻开菱头看一看;八月半,吃一半。这句农谚告诉我们,吃四角菱总要等到中秋节前后才行。

农村山里池塘,早春二月,就可种菱,也可叫放菱、下菱。菱种黑色,有点像乌木雕刻似的老菱。只需往池塘一丢,它便会在水中安营扎寨,经太阳照射和水温供养,自然会生出碧若丝线的芽。芽慢慢生长,不要多长时间,即会浮出水面,成为优雅的菱盘。菱盘碧绿翡翠,生命无限,弥漫池塘,水里的鱼儿会在菱藤里悠闲自在，游来游去。待到菱盘开起白花时，蜻蜓会飞来，那是摄影的好时机。蜻蜓立菱盘，池塘情万种。

常见采菱姑娘携菱桶、菱盆缓缓驶入池塘，头扎包巾，身穿兰花布衣，她们那身段和柔滑的采菱动作，令人遐想。生菱，十分嫩，虾仁炒嫩菱，清清白白。做人如做虾仁与白菱。

菱，有四角菱、二角菱，有红菱、乌菱、馄饨菱、和尚菱、野菱等。老话说：七月里咯菱宕——缠煞人。意思是说，有菱盘的池底，采菱有危险，藤藤蔓蔓缠绕人，即使水性好的人跌下去也十分危险，须小心翼翼，一切以安全为主。

前两年，与朋友去湖州，在菜市场，看到有菱藤卖，我便买了一斤，回来肉丝炒菱藤，鲜嫩、好吃，全家一抢而光。

过去，小孩上学，家长习惯在小孩书包里放些葱和熟鸡蛋，还放几只四角菱，寓意聪明伶俐。

而现在，孩子高考，家长在校门口，等孩子考完接送回家，手里拿的是向日葵，还在长长的甘蔗上挂香蕉，寓意指日高升，生活甘甜节节高。

四角菱已失去进书包的资格了，我就买点尝尝吧。

人生路段的大部分是鲜花盛开,就像四角菱盛开时。

但愿家长的心意如愿。远山有灯,近处有菱。

四角菱,明年还如期而至?

金秋绝味面拖蟹

　　金秋送爽,丹桂飘香。这个时候,正是菊黄蟹肥,吃蟹正当时。九月尝鲜,十月知味。挑蟹要看青背、白肚、金毛和红嘴。

　　记得我小时候,关于吃,印象较深的菜有三道,即瓜际头响堂片、生麸面筋和面拖蟹。这几道菜是老祖母拿得出手的传统菜。瓜际头响堂片,一般要到春节过年才能吃到,用豆腐干切成三角片,加笋干、黄豆芽、油豆腐、黑木耳放茴香烧成一大盆,要吃到正月半才收场。此菜味道好,正餐早餐皆受用。生麸面筋,是将黏成一团的生麸捏在手里,当煤炉上的水烧得滚开时,即用生麸酿鲜肉,包成后放在汤里煮,水烫后自然凝结成汤包,皮薄卤多,汁鲜味美。鲜肉是事前用葱、姜、酒、细盐调制好的,生麸面筋汤还可放些茭白块。这道菜,我祖母的女婿,即我的姑夫,最爱。丈母娘知道女婿要来,必做无疑,自然,几杯酒相佐,吃得眉开眼笑,一直称丈母娘手艺好。

　　还有一道菜,即是金秋面拖蟹。烧好的面拖蟹,色泽好看，不深不浅，味道不淡不咸，秀色可餐。做法是先将一两半至二两左右的蟹，洗清剔除蟹腮、蟹肠、六角板等，将蟹一切为二，浸入调好的面粉中，然后在热油锅中煎，加葱、姜、酒、生抽、水，用大火焖烧十五分钟。当裹着面粉的青背变成红背时，即可倒入适量的面糊，再烧五分钟。出锅时，色香味俱佳，一道金秋面拖蟹就大功告成了。

秋吃螃蟹是一种时尚和风雅的象征，《世说新语》中写道："毕茂世云，一手持蟹螯，一手持酒杯，拍浮酒池中，便足了一生。"

清水大闸蟹还可做香辣蟹、姜葱蟹、椒盐蟹等，而吃面拖蟹则是一种传统吃法。蟹味腥重，当我吃了面面拖蟹去人家家里走访时，人家马上会说，您今天吃蟹了。

秋　俗

过了中秋，还有很多习俗，无锡人还欢喜斗蟋蟀。我幼时看斗蟋蟀蛮起劲的，有时看到忘记吃晚饭。

蟋蟀是六足四翅昆虫，无锡人叫"弹绩"。雄性蟋蟀尾部有两支尾毛，雌性蟋蟀在两尾中间还多了一根"消子管"，叫"三雌"。雄蟋蟀性勇好斗，振翅"曜曜"叫声洪亮，耀武扬威，有人干脆叫它"将军"。斗蟋蟀一般在秋天，叫作"秋兴"。

有经验者，常在山野草丛、瓦砾堆中，凭鸣声即可判断优劣，然后以罩子循声捕捉，动作轻柔，决不会伤及蟋蟀。我中学时的一位同学，就欢喜捉蟋蟀，常用纸卷成空管，将蟋蟀捉牢后放入管内，既透气又不伤其身。

饲养蟋蟀也有讲究，只要看其盆罐，以御窑烧制为贵。

斗蟋蟀最精彩，用"弹绩草"撩拨，引得蟋蟀性起发怒，互相交锋，往往斗得相互钳咬、扭扯，忽进忽退、忽左忽右，且一经开钳交锋，非决一胜负不可，直至败者落荒而逃，甚至跳盆服输，胜者才挺胸凸肚，趾高气扬，再次"嚯嚯"振翅高歌。胜者的主人这时如吃了蜜一样甜，抱盆而归。"将军"凯旋，主人犹抱美人归。

过了中秋，过去苏州还有"偷瓜祈男"的习俗。此俗又叫"摸秋"。

一说即中秋期间圆月，祈求家人团圆。妇女、孩子们在庭院里放上桌子，桌上放红菱、石榴、柿子、月饼、鲜果等，吃罢，三五成群去走月亮赏月。而这期间，有一个重要而隐秘的活动，即男人到田里去偷摘南瓜。"南""男"同音，南瓜又多子，且瓜蔓绵长不断，有"瓜瓞绵绵"宜男之兆，所以，摸到南瓜就带回家藏于绣被之中。这一夜偷瓜，瓜主是不会嗔怪的。后来干脆就摘了南瓜相互送人了。苏州诗人蔡云在《吴歈百绝》中有云："早烧香斗祝团圆，蜡炬生化未肯残。偷得番瓜藏绣被，更无情绪倚栏杆。"可见当时苏州此风之盛。

过了中秋快重阳，赏菊也是习俗。相传赏菊始于晋诗人陶渊明。"采菊东篱下，悠然见南山。"无锡每年举办菊展，有形有色，千姿百态，云蒸霞蔚，蔚为大观，赏菊心怡，饮饮菊花茶，落座于惠麓山下，隐逸林泉，与挚友对诗品茗，粲然释怀，这样的秋俗还有些自然野趣的品性。

常州美食三味

到常州能吃到网油卷、大麻糕和豆渣饼,此为人生有口福和快乐之事。

网油卷通常是常州人在就餐时上的一道点心,就好比无锡人就餐时,上一道玉兰饼一样。网油卷中的网油,是猪身上取下的新鲜网油。将豆沙或枣泥放在网油上,卷成长圆条状,裹上干面粉,再滚上发蛋糊,后入油锅,炸成米黄色时出锅,撒上白糖,上桌时热烈、饱满,外表透出一抹浅浅的亮棕色,外壳脆而薄,脂香扑鼻,绵软适口,甜而不腻,很好吃,深受食客欢迎。

网油卷传说与苏东坡有关。有一次,东坡在吃米团时,忽发奇想:"若内藏以豆泥,外裹以雪衣,油锅炸之,岂非佳肴乎?"于是,他亲自下厨,经反复揣摩实践,随岁月流逝,遂成今日常州美食名点——网油卷。

常州大麻糕,现为江苏省地方特色糕点和风味名点,可上餐桌,可当早点,可作礼品送人。最早系长乐茶社王长生师傅创制，距今已有一百五十余年历史，品种有甜、咸、椒盐等，因其皮薄酥重，香脆松软，制作考究，层次分明，注重火候，为一般麻糕所不及。过去我父母从常州到我无锡小儿子家来小住几天，带来的非它莫属。

用常州方言称大麻糕很有趣："我要吃常州大麻糕，勿要咸佬要甜佬，勿要小佬要大佬，勿要长佬要圆佬，勿要焦佬要好佬，勿要冷佬要热佬，勿要薄佬要厚佬，勿要芝麻少佬要多佬……"可见，一块麻糕，也能看出其饮食文化。大麻糕已被称为"饕餮之珍"。

豆渣饼，又名豆斋饼、金钱饼，也是常州传统名点，用虾仁、马蹄末、冬笋末、猪肉末等原料拌制，经油炸而色呈金黄，形似金钱，表皮香脆，内质松软，通常可与其他蔬菜一起爆炒，也可烧汤。常州人在吃的方面很会动脑筋，可见其饮食之文化底蕴。

顺带一笔，三味之余，还有一种"素火腿"，也是一绝，很鲜，可佐菜可零食，可早餐可正餐。还有一种"老虎脚爪"，一般在大饼店里可买到，无锡已很难见到，但常州仍能买到，它形似老虎脚爪，是烘焙出来的，外表脆而内柔，以前老胃病患者，常买它助消化。我小时候去春游，曾作为干粮而备之。

久违了，香榧子！

香榧，又称香榧子，产于浙江会稽山区，另外在临安、富阳一带也有，那里高山峻岭，云雾缭绕，温湿凉爽，为世界稀有干果香榧原产地。二十多年前，朋友从诸暨回来，带了点给我尝尝，甚喜，后很少在市场上看到，偶尔见到，不是价格贵，就是隔年陈货。记得有一年，一斤香榧子卖到一百六十元，超出肉价几倍。前年，在稻香菜场，一位卖晒干白虾、茉莉花、莲心、鸡头米的农妇，也卖起了香榧，我便买了一斤，吃下来既不香脆，又无咸味，还有点出油走味，估计是陈年积货，八十元一斤，吃了一半，即弃之。

香榧，距今至少已有一千三百年的栽培历史。榧树雌雄异株，有性繁殖，树龄长达四五百年，故有"寿星树"之称。该树结果也十分奇特，一代果实须两年才能成熟，连同采摘的干果，即为"三代果"。

古越珍品，千年山珍。要说我从坚果中挑最欢喜的是哪一种，从排列来讲，当属香榧，接下来是山核桃、碧根果、夏威夷果、榛子、杏仁果、松子、大核桃、腰果等。

好的香榧树，每年可产两三百斤，至少也有二十斤。在临安、诸暨，香榧是继笋、山核桃后助农的第三棵"摇钱树"。有位老农曾说："生儿子，养儿子，养老还靠香榧子。"虽有些夸张，但可见种植香榧树收入不菲。

今年三月初，微友"携程希希CiCi"在微信里发香榧广告，每斤七十元，代购邮费八元，我随即转账过去，三天后，货到。这次香榧为新货，去年十月刚采摘下来的，经烘焙或炒，松脆美味，肥露露的，但咸味略偏淡些，总体可以，价格不贵（去年至少一百元一斤）。认识"携程希希CiCi"，是前几年去加拿大、美国之时，前期攻略和订票均由她承办和负责，为人做事踏实，诚信待客，值得信赖。

香榧功效很多，至少有四大好处：

一是强身健体，提高机体免疫力。香榧含有丰富的脂肪油，能润肺止咳祛痰，润肠通便。

二是抑制肿瘤。榧子仁中，含有多种脂碱，对淋巴细胞性白血病有明显的抑制作用。

三是保护视力。香榧含有较多维生素A等有益眼睛成分，能预防和缓解眼睛疾病。

四是驱除肠道寄生虫。香榧能有效地驱除肠道寄生虫而不伤人体正气。

  在我看来，坚果首位当属香榧，从价格来讲，就是其他坚果的几倍，价格体现价值，一分铜钱一分货，且是老少皆宜佳果。

  当您坐在电视机前，香榧是最适合的消食佳果，当我看完央视"开门大吉"娱乐节目时，一袋（一百克）即开即食香榧也已开袋完结。

  亲爱的读者，当您品尝它时，可否想到，在那绿树成荫的香榧树上，有多少农林伯伯为此而辛劳了大半生。香榧，有缘有果；香榧，香飘千里；香榧，人间珍品。苏轼也有诗盛赞香榧："彼美玉山果，粲为金盘实。瘴雾脱蛮溪，清樽奉佳客。客行何以赠，一语当加璧。祝君如此果，德膏以自泽。"

  久违了，香榧子！

寒 露

今日寒露,是秋季中倒数第二个节气,接下来就是霜降,过了霜降即到了冬季。

寒露,露水已寒,将要结冰。寒露不算冷,霜降变了天。

有些农作物,经过霜降即更加好吃,如山芋、青菜、菠菜、萝卜、南瓜等。

寒露物候:鸿雁来宾,雀入大水为蛤,菊有黄花。大意是,在鸿雁后,陆续有其他鸟儿们也从北方飞过来了。鸟儿们的种类变少了,但是河里的蛤类却开始大量繁殖,变得很容易捕捉到。菊花们陆续开了。

到了寒露,是赏菊的最佳节气。

唐人戴察的《月夜梧桐叶上见寒露》是描述寒露的一首十分细致的古诗,运用拟人的手法把寒露的生成、形态、变化、环境和消失,写得形象生动,十分细腻,也把露水之美展现得淋漓尽致。

萧疏桐叶上,月白露初团。

滴沥清光满,荧煌素彩寒。

风摇愁玉坠,枝动惜珠干。

气冷疑秋晚,声微觉夜阑。

凝空流欲遍,润物净宜看。

莫厌窥临倦,将晞聚更难。

农谚有"寒露时节人人忙,种麦、摘花、打豆场","霜降不摘柿,硬柿变软柿"。农人常以寒露日的风向来预卜水旱冷暖,如"寒露吹了西北风,十只水缸九只空","寒露西南风,四十五天暖烘烘"。

寒露开始,天气由凉转寒,要勤添衣服,注意保暖。露华渐浓,草木枯萎,待来年开春再萌发。

寒露始,农事有种麦,选种留种。时令饮食有茭白、鲈鱼、白果、栗子、糖粥、菊花酒等。时已重阳,可登高游观,开阔胸襟,活动肢体,呼吸新鲜空气,强身健骨,延年益寿。

过去在苏州一带,还有唱山歌习俗。种田唱歌,行舟唱歌,休闲唱歌,插秧唱歌,挑泥唱歌,摇船唱歌,男女情爱更有唱不完的情歌。

数九寒天话小寒

今年1月5日是小寒节气，标志着一年中最寒冷的日子"数九寒天"到了。上月底，还未到小寒节气，我去北京开会，看到平时可划船的什刹海公园，湖面已结成厚冰，游客已在冰上溜冰、滑雪橇，可见北方比南方冷得早。

小寒，冷气积久而寒，但此时尚未到最冷极点，过半月就是大寒天气。"小寒时处二三九，天寒地冻北风吼。"一般情况下，大寒比小寒冷，但在气象记录中，也有小寒胜大寒之时。小寒大寒冰如铁，又将迎来又一年。此时，河流冰封，土壤冻结，加之北方冷空气不断南下，天地万物，一片寂寥。

虽然小寒标志着严冬的来临，但寒到至极，便是即将回暖之时。冬阳淡淡，瘦梅先发，雁思北乡，鹊始筑巢，连小树林中的雉鸡也开始鸣叫起来。

宋人范成大有小寒诗《窗前木芙蓉》：

辛苦孤花破小寒，花心应似客心酸。

更凭青女留连得，未作愁红怨绿看。

小寒，是全年节气中倒数第二个，处于"二九末，三九初"，是一个非常寒冷的节气。诗人以小寒中努力开放的木芙蓉为对象，赞扬的是一种在恶劣环境下还傲然绽放的坚贞不屈的精神。

小寒，一候梅花，二候山茶，三候水仙。

民间尚有"小寒落雨大寒晴"的说法。

古代有"九九消寒图"，画的是梅花，总共八十一瓣花瓣，冬至日起，每天用颜料染抹一瓣，到全部花瓣染上颜色时，已是早春二月了。明清之初，每到冬至时，街市上便有书坊刻印各种"九九消寒图"出售。藏于深闺的女子最喜爱这种图了，以便在填图抹画的过程中，数着日子，打发那寂寞难耐的寒冬岁月。

时过境迁，已到新时代，正如诗人雪莱所说："冬天来了，春天还会远吗？"

从传统医学角度来说，寒为阴邪，最冷之时阴邪最盛，因此，小寒是进补的最佳时节，但也要因人而异，进补须根据自身健康和体质。

小寒和其他节气一样，是我国源远流长的精神气节，源头正是时间中的节气。

芋 头

芋头，这里就称太湖芋头吧，以马山一带出产最有名，以产值高、口感好、软糯精致、甜美而受百姓青睐。

月到中秋，无锡地区家人团圆，品尝桂花糖芋头这一传统现已扩大到小孩满月、百日宴、生日祝寿等场合。芋头，其维生素和矿物质含量较高，具有清热化痰、消肿止痛、润肠通便等药用价值。食用方法有红烧、烧肉、做饼、做丸等，最最简单的方法，就是洗干净，直接放入电饭煲里，饭熟芋香，剥皮后直接食用，用糖与否，根据各人喜好。

记得小时候，剥芋头，要将芋头装入蛇皮袋中甩，让其脱皮，然后再刮皮去毛。这时往往手会发痒，于是，让手在煤球炉上烘干，可止痒。去皮后的芋头，黏黏糊糊，洁白光滑，娇嫩可口。虽然各地的芋头各有所长，但太湖流域的马山芋头以其吃起来丝滑、悠长的口感和体圆的形态，而让人对它愈发喜爱。

太湖边的农户种芋头的很多，春播秋收，中秋前后是丰收期,芋头穿越春、夏、秋三季,一年倒有大部分时间在土底下,是一种低调、务实的农作物。大地为母,深植地下的为宝,在泥土里久了的东西滋养人。土壤肥沃丰润,生长出来的东西像水泼荷花般的鲜灵,不然,怎么会有那么多人喜欢呢?

陆游有诗云:"地炉枯叶夜煨芋,竹笕寒秋晨灌蔬",盛赞芋头独特风味。

《滇南本草》也记载:"毛芋用于食疗,可治中气不足,久服能补肝胃,添精益髓,丰润肌肤。"

这些,也许就是我爱吃芋头的缘由吧。

你吃过椁栎粉皮吗?

去年,老同学相聚在位于葛埭附近的明新饭店,该店特推荐一个特色菜肴——椁栎粉皮。吃下来,大家一致认为味道不错,有特色,非常抢手,是餐桌上唯一添加的一个重复菜。它仅是大蒜与粉皮的结合,却为何受人青睐?原因是椁栎粉皮韧啾啾。

我一直念及椁栎粉皮,似乎对它有着浓浓的乡情情结。

最近,我去了曾经插队过的峄嶂山地区,中午时分,又落座明新饭店,询问有否椁栎粉皮,回答是有的。估计是新大蒜叶已过季节,端上来的是一个胡葱炒椁栎粉皮,同上次吃的一样,色香味形态俱佳。

到了这儿,经了解,知道椁栎为何物。在峄嶂山麓雪浪脚下的尧歌里古村落,长着两棵茂盛的古树,树龄分别在二百八十年和二百六十年。两树相依相伴,人们又称它们为"夫妻树"。古树名为苦槠,属壳斗科常绿大乔木,果实在农历十月成熟,也称"椁栎子",果仁富含淀粉。当地人聪明智慧,将椁栎子去壳,经水浸、磨浆、沥渣、沉淀、水漂，最后取出高净度淀粉，再加水调配，开水煮烫而成一道美味可口的椊栎粉皮。我们常吃的大路货粉皮，通常用绿豆、豌豆和山芋粉制成，到菜市场可随意买到。而椊栎粉皮仅这里独有，已闻名乡村里外，好多人慕名而来。

椊栎粉皮很随性，还可与香菜搭档，它有咬劲嚼劲和韧性，在舌尖上回味、定格，烙在食客的骨子里。

我相信，只要苦槠树在，这里的俗世情怀就在，有它，椊栎粉皮就会久久让人前来回味，它是回归自然、返璞归真的本真乡愁，至味至性至香。我认识了尧歌里，这儿有许多美丽的传说和故事；铭记了这儿，这里的滋味会在身心中慢慢化开，又慢慢扩大。

尧歌里，古村落的一张名片；椊栎粉皮，只有吃到此滋味的人，才知它是从久远的年代走来，又向我们走近。

阳山二题

去阳山，赏桃花是主题，那桃林把湖魄山魂化作英姿，轻盈入骨。那桃花终会结成仙果，甜蜜到心。这儿，不写阳山桃花，仅写小蒜和荠菜，那种清香的野味，沁人心脾。

小　蒜

说实话，我这个城里人原先是不认识小蒜的。第一次认识它，是几年前，到湖北英山参观茶园，走在茶园的路边，同伴边走边采路边的小蒜，既香又好闻，比香葱细。

小蒜，又称山蒜、野蒜，菜市场很少见到，通常用来炒鸡蛋、做饼和腌渍吃。我同样走在乡野田间，却不认识，真正是缺乏农村锻炼。这次到阳山赏桃花，刚进阳山桃花源，就见一老农在卖小蒜，一下子吸引了我，久违了！一问价，十元钱一斤，我当即买了些回来。

春季是小蒜勃发时，小蒜头仅小指头那么大，颜色如脂如玉。食之，味道醇厚，开胃、助消化和解油腻。小蒜，是野生的，常悄悄地生长在路边、山背后、地沿儿、草丛中，很不起眼，从不显山露水，老实本分地守着自己立足之地，看着很瘦弱，比草还细。小蒜和草的区别在于，它散发出一种介于大蒜和葱之间的味道，乡野清味，略有一丝淡淡的苦味，我想，这也许是人生的真味。

荠　菜

同样，在阳山桃花源，野荠菜很好卖，十元钱一斤，感觉价格略比城里菜市场贵一些，但新鲜、嫩绿。我一买，跟来三五个人，我一下子买了三斤。荠菜馄饨最好吃，荠菜豆腐羹最鲜，荠菜团子我最爱，清炒荠菜我也喜欢。餐桌上，一般荠菜年糕比荤腥吃得快。

一见荠菜，忽闪春天色彩，吃口荠菜妙不可言。三月吃荠菜最合适，一到四月，荠菜整齐划一，会开出细细的白花，野生荠菜，绿得人眼花缭乱。

我把荠菜当作春天的一面旗帜，它开始飘扬了，春天也就到了，桃花更是开足了。

好东西不需要叫卖，就像田野的景色，深浅浓淡自然吸引人。

野荠菜，湿漉漉，传递的是田园诗的唱叹和春的气息。

口福之雅

太湖已开捕，吃货们已在议论吃湖鲜了。湖鲜上市有鲢鳙鱼、鲫鱼、梅鲚鱼、银鱼、青虾、白虾、湖鳗等，且今年供应量将有较大增长，价格也有回落，这实在是福音。

生于斯，长于斯，乐于斯。无锡地产水果也是一年吃到头，从3月开始，草莓、樱桃、枇杷、醉李、杨梅、桑葚、蓝莓、西瓜、香瓜、水蜜桃、翠冠梨、石榴、火龙果……

有朋友自外地来，我总要说无锡是个好地方，是个宜居城市，无地震、无海啸、无泥石流、无特大飓风。房价与北上广深和周边城市相比，相对还是较低位的。

在无锡，梅花、郁金香、薰衣草、荷花、玫瑰花、蔷薇花、月季花、菊花、向日葵能成片成片看到。

喜欢吃面食的朋友，汤面、拌面、冷拌面、花色面任意挑，馄饨也有汤、拌、煎、大、小之分，离开无锡，在吃的上面真还有不习惯之感。

泡杯茶,还有红绿之分,绿茶以太湖翠竹、茗鼎、毫茶为主,红茶以斗山、宜兴相佐。

中秋又将来临,明月处处有,此处月偏好。天下鱼米,就在乡关。

开捕后要去看看湖上的七帆船,尝尝"太湖三白",让船菜中的蒸、炖、煨、焖,伴随一壶好酒,尽享家乡口福。

在无锡,能吃到荤八仙:鱼、虾、蚌、蚬、蟹、螺、蛙、蛇。同样还能吃到水八仙:莲藕、茭白、水芹、慈姑、芡实、菱、荸荠和莼菜。

由此,联想人生有八雅:琴、棋、书、画、诗、酒、花、茶,流年写意,开吃湖鲜,先从口福之雅说起吧。

对酒当歌

歌声中的美酒

人生如酒，对酒当歌。在难忘的旋律中，往往都有以歌来唱酒，以酒抒发感情、真情和豪情的。

当年一首《祝酒歌》，唱响大江南北。背景是在粉碎"四人帮"后，全国人民欢欣鼓舞，情不自禁游行，各单位食堂备下喜宴美酒，形成"八亿神州举金杯"的盛况。歌词作家韩伟如醉如痴进入创作情景，滴酒不沾的作曲家施光南在民众扬眉高歌的心情中，将自己的一腔喜悦化为一曲很红的《祝酒歌》。著名歌唱家李光羲，唱腔清新明快，节奏跳跃，歌曲以抒情的气质见长。歌词中这样唱道："美酒飘香啊歌声飞，朋友啊，请你干一杯，请你干一杯。胜利的十月永难忘，杯中洒满幸福泪。来来，十月里，响春雷，亿万人民举金杯，舒心的酒啊浓又美，千杯万盏也不醉，手捧美酒啊望北京，豪情啊胜过长江水，胜过长江水。胜过长江水。锦绣前程党指引，万里山河尽朝晖。来来，展未来，无限美，人人胸中春风吹，美酒浇旺心头火，燃得斗志永不退。今天啊，畅饮胜利酒,明日啊,上阵劲百倍,为了实现四个现代化,愿洒热血和汗水。来来,征途上,战鼓擂,条条战线捷报飞,待到理想化宏图,咱重摆美酒再相会。"真可谓歌美词好。

《为祖国干杯》中"太阳举起金色的酒杯,把灿烂的光芒送给你;月亮举起银色的酒杯,把温馨的亲情送给你;长城举起团结的酒杯,把民族自豪送给你;黄河举起热情的酒杯,把中华的赤诚奉献你。啊,祖国啊祖国,我为你干杯",唱出了华夏儿女对祖国的热爱之心、赤子之诚。

一首藏族民歌《青稞美酒献给毛主席》,也以酒颂歌,以歌诉衷情。"雪山上升起啊红太阳,翻身农奴把歌儿唱,呀啦索把歌儿唱,献上一杯青稞酒,呀啦索献给敬爱的毛主席,祝您万寿无疆。"

歌曲《我心中的歌献给解放军》唱道:"不敬青稞酒呀,不打酥油茶呀,也不献哈达,唱一支心中的歌儿,献给亲人金珠玛。"(金珠玛,藏语,即解放军)

京剧《红灯记》中"浑身是胆雄赳赳,鸠山设宴和我交'朋友',千杯万盏会应酬",唱出了革命人的智勇谋略和雄心壮志。

同样京剧《智取威虎山》中"今日痛饮庆功酒,壮志未酬誓不休。来日方长显身手,甘洒热血写春秋"，唱出了豪情万丈、壮志凌云之气。

《秦淮河畔》歌中这样唱道："今夜有酒今夜醉，今夜醉在秦淮河……"歌美酒醉，好一个秦淮河！

一首《九月九的酒》，唱出了酒的乡愁。"又是九月九，重阳夜，难聚首，思乡的人儿，漂流在外头。又是九月九，愁更愁，情更忧，回家的打算，始终在心头。走走走走走啊走，走到九月九，他乡没有烈酒，没有问候……亲人和朋友，举起杯，倒满酒，饮尽这乡愁，醉倒在家门口"，歌缠绵、酒醇、心切。

另有《干杯，朋友》中："朋友你今天就要远走，干了这杯酒。"《朋友别哭》中："什么酒醒不了？什么痛忘不掉？"《曾经的你》中："让我们干了这杯酒，好男儿胸怀像大海。"

以上撷取的十几首歌中的酒，仅是歌中几朵亮眼的"浪花"，其实，歌中的美酒，数不清，唱不完。

浓浓的酒啊，人生如酒，对酒当歌，别了乡愁，人情冷暖，喜怒哀乐，尽在歌中，浓也好，淡也好，人生路不同，酒味就不同。酒可温、可冷、可醉、可醒、可干，喝酒难小醉，人生欢乐多，唱出心中的歌，酒歌才清欢。

歌是什么？歌可以带给我们全方位的艺术享受，优美的旋律使人产生高尚的情操。酒是什么？酒能消忧解愁,给我们带来自由和欢乐,两者结合让我们理解人类情感的深邃内涵,达到心灵和谐与自然契合。

  酒,很多情;歌,很抒情。

普洱醉人何必酒？

认识普洱茶，那是快近三十年的事，我去过七彩云南两次，喝的都是普洱茶，那是熟普。去年，朋友送我一罐生普，我很好奇，而且是第一次听说有生普，算我孤陋寡闻。现知普洱有熟普和生普，熟普是经发酵后的茶，茶香味浓醇厚，而生普是以大叶茶树的鲜叶为原料，经工艺压制和自然晾晒后制成，泡制后呈棕色。喝生普感觉生津解渴清爽，别有一番风味，有识得此中滋味，觅来无上清凉的舒适。

日常生活中，宁可一日不食，不可一日无茶。在我们江南一般喝的都是绿茶，如无锡毫茶、阳羡绿茶、天福茗茶等，夏天尤甚。而到了冬天，通常喝红茶，如宜兴红茶、祁门红茶、金骏眉红茶等。冬天喝红茶，暖胃祛湿，祛风解表，止渴生津。现在江南一带，也流行喝普洱了，为的是延年。当你端起茶杯，一片芽叶就是舟楫。到茶室里看看女茶客，她们不是享受茶茗的清香，而是泡在时间的陈香里，祈求成为出水芙蓉。

生命的芽叶，普洱茶文化长达五千年，源于一条南来的茶马古道，顺着横断山脉，穿过大雾弥漫的澜沧江，久远的山间马帮铃响，落下先人的脚步，茶囊括了一路风尘，汲进远征的雨露。普洱进贡不是轶闻，而是历史的记载，茶承千年，茶传文明，茶成了文化的烙印。

我也用江南的红茶、黑茶与普洱茶比较，作用大体相仿，因冲泡后，都含有丰富的多酚类、氨基酸、芳香物质等元素，也都有暖胃护胃、调节血糖等一定的药理作用。而普洱中的"冰岛"却具有最原始的香气，能将普洱的韵味，发挥得淋漓尽致，口感特好。这也许与杀青的手艺有很大关系。杀青要杀得恰到好处，炒得轻香气出不来，炒得重后期转化空间小，这种意境难以用文字表述。正如喝酒一样，多喝成醉，少喝没有豪言壮语，喝到适中，成诗仙李白。普洱醉人何必酒？喝生普，与水相逢特秀情，妙观娇叶慢落聚，开杯闻之韵浓烈，朋友送茶送健康，两情相依久难忘。

每当我喝着普洱茶，我仿佛看到云南那儿的茶农，上山采茶的身影，也仿佛听到清脆的采茶歌声。虽然我没有喝过所有的易武、班章、冰岛和昔归，但普洱的名茶名声已展示出其璀璨的风采。仁者见仁，智者见智。普洱茶但求气清、质醇、心怡、不伤身,喝之,怡情快乐,铸性乐悠。

品茶还要讲究环境的协调,文人雅士讲求清幽静雅,在明月、松吟、竹韵、梅开、雪霁等妙趣和意境中,还有一种精神寄托。喝普洱茶,能通过泡茶与品茶,去感悟生活、感悟人生,体味七彩云南,去察觉普洱市近年来在绿色环保、文化品位等方面的贡献,探寻生命的意义。总有一种感觉,喝普洱茶,春花依旧那么美,夏日萌发绿生机,秋月还是那么圆,冬日壶中暖人心。真如林清玄说:"喝完茶,我们再度步入风尘,带着云水的轻松,行囊也轻了,步履也轻了。"茶中有真意,普洱茶既是功能性饮料,更是精神载体,还是心灵的寄托。

唐诗里的酒

唐诗题材广泛，风格各异，流派众多，如边塞诗派，属浪漫主义，被誉为"诗仙"的李白，是继屈原以后最伟大的浪漫主义诗人，毕生创作了大量的抒情诗，表达了自己非凡的抱负，诗风豪放飘逸，语言瑰丽绚烂，集中体现了盛唐诗歌昂扬奋发的时代之音。唐诗众多，本文仅以李白的诗，来赏析诗中的酒。

客中作

兰陵美酒郁金香，玉碗盛来琥珀光。

但使主人能醉客，不知何处是他乡。

大意是兰陵（今山东枣庄）盛产美酒，散发着如郁金香般浓郁的香气，盛在玉碗里又如琥珀般颜色金黄。只要主人奉献美酒与客人同醉，客人便忘却了乡愁，感觉不到身处异地他乡。

此诗前两句交代了诗人做客的地点，将兰陵和美酒放在一起描写的手法，使人丝毫感觉不到凄凉的异乡人的情感，反而有了一种令人迷恋的情愫。面对美酒，诗人兴奋起来的样子，跃然纸上。后两句沉浸在与朋友开怀畅饮的欢乐气氛之中。

下终南山过斛斯山人宿置酒

暮从碧山下,山月随人归。
却顾所来径,苍苍横翠微。
相携及田家,童稚开荆扉。
绿竹入幽径,青萝拂行衣。
欢言得所憩,美酒聊共挥。
长歌吟松风,曲尽河星稀。
我醉君复乐,陶然共忘机。

大意是傍晚从终南山上走下来,山月好像随着行人而归。回望来时的山间小路,山林莽莽苍苍一片青翠。下山时路遇斛斯山的人相携来到他家,儿童急忙出来打开柴门。穿过竹林进入幽静小路,青萝枝叶拂掠行人衣襟。欢快说笑使我得到休息。畅饮美酒频频举杯,我喝醉酒主人非常高兴,欢乐忘了世俗巧诈心机。

这首诗以在农家饮酒琐事为内容,是一首田园诗,继承了陶渊明所创田园诗的风格,一个"挥"字点明了主客畅饮的爽快,在闲适安静的农家庭院里,主客开怀畅快,全然忘却了尘世的一切,醉酒的风味跃然纸上。

将进酒

君不见黄河之水天上来,奔流到海不复回。
君不见高堂明镜悲白发,朝如青丝暮成雪。
人生得意须尽欢,莫使金樽空对月。
天生我材必有用,千金散尽还复来。
烹羊宰牛且为乐,会须一饮三百杯。
岑夫子,丹丘生,
将进酒,杯莫停。
与君歌一曲,请君为我倾耳听。
钟鼓馔玉不足贵,但愿长醉不愿醒。
古来圣贤皆寂寞,唯有饮者留其名。
陈王昔时宴平乐,斗酒十千恣欢谑。
主人何为言少钱?径须沽取对君酌。
五花马,千金裘。
呼儿将出换美酒,与尔同销万古愁。

大意是你不见黄河的水流从天上来,滚滚流向大海不再回还。你不见面对高堂明镜悲伤白发,早晨如青丝,晚上变得雪白。人生得意时应当尽情欢乐,不要让酒杯空着对明月。老天给我们才能定有用,千金散尽还能再回来。杀牛烹羊暂且欢乐快活,应该一饮就喝它三百杯。岑夫(诗人的一位隐居朋友,一说名勋)啊,丹丘生(与诗人相交甚好,隐居不仕),请喝酒,莫要停下来。让我为你们唱支歌,请你们为我倾耳听。山珍海味的生活不值得炫耀,只愿意长醉不愿意清醒。自古以来圣贤都寂寞,只有饮酒的高士留下美名。陈王(曹操的儿子曹植,被封为陈王)曹植过去设宴平乐(观名,故地在今河南洛阳故城西)宫,豪饮千杯玩得特别尽兴。主人怎么能够说你的钱少,只管买酒来咱们一起痛饮。什么五花良马,千金的狐裘,快叫孩子拿出去换取美酒,我和你们一起消除万古忧愁。

这是一首劝酒歌,借古题"填之以申己意",写的是饮酒高歌的事,是李白遭到诽谤,离开长安之后所作。诗人和朋友岑勋在隐居的好友元丹丘家做客,三人经常登山宴饮,借助酒兴和诗意,满心悲怨一吐而出。从"人生得意"到"杯莫停",情绪渐渐高昂,诗中"金樽""对月",虽然没有写酒,却将饮酒诗意化。从"钟鼓馔玉不足贵"到"但愿长醉不复醒",开始酒后吐真言,情绪从豪放转到激愤。最后一句"与尔同销万古愁",在意犹未尽的诗情中,又凸现诗人感情的奔流激荡。

《将进酒》,堪称千古佳作,起伏跌宕,非大手笔无法成就。

赏唐诗里的诗酒,语不必深,写情已足。

端起药酒慎尽欢

药酒是药还是酒?按照惯性思维,大多数人会把药酒当酒。

喜欢喝酒的酒友每日无酒不欢,把酒问青天。既然我天天喝酒,不如喝点药酒,这样,既能喝酒又能滋补,岂不两全其美?

其实,药酒是药,而不是酒,药酒不能当酒喝,要当药服。

饮酒过量醉一场,而大量饮药酒就如同过量服药,不仅无益,反而有害。如同感冒冲剂挺好喝,但你能因为好喝而非要喝过瘾吗?好喝它也是药,药酒喝死人的事并不鲜见。

药酒第一难是问症。每种药酒都有适用的病症,应根据自身的需求配合适的方子,号脉听诊,对症施药,酒是缓释药的调适剂。

药酒第二难是索方。因药酒而找中医问症,问症是目的,开方倒在其次。中医虽有同病异治,一人一方的精妙,但在药酒上却不适宜。懂医未必全懂药,懂药未必全懂医，既懂医又懂药的未必都懂酒，这就是寻方的难点所在。

药酒泡制，功效所能，各有其利。水果酒、花卉酒滋补；荔枝酒益气健脾，益血益肝；樱桃酒祛风除湿，活血止疼；草莓酒补气健胃；杨梅酒防中暑，解暑热，调五脏，涤肠胃，治腹泻；桑葚酒，养血明目，利水消肿；红枣酒益气安神；虎骨酒壮骨健体……诚然，还须考虑量和度。

药酒第三难是寻药。有了方子就得抓药，这中间药问大，药材要"道地"，枸杞宁夏中卫为优，野山参长白山为佳，人参东北为上，贝母浙江、四川为好，药材因地域之差，功效就不同。

药酒第四难是用酒。宋代以前尚无蒸馏白酒，书载药酒之方，皆为发酵酒，以米酒为主，酒泡药，起辅助药力的作用。明代《本草纲目》记载，是把五加皮煮汁，然后加酒曲和饭酿制成。

现代科技水平使酒的度数越高，往往溶解、浸出药材的有效成分的时间越短，效力越强。

药酒第五难是独酌。药酒忌共饮，与人分享是美德，但药酒不宜，因个人体质差异，万一与药相悖，岂非误了卿卿性命，惹出人祸。药酒很私密，只宜独享。

人间路远酒杯宽，端起药酒慎尽欢。

喝酒是一种心情

喝酒,是一种心情。

常见一些酒友,早上约三五知己在面店里挑几个小菜,如牛肉、花生米、糖醋排骨、素鸡、豆腐干丁花生酱、河虾等,喝起慢酒。酒是很普通的白酒,一瓶也仅在二十到五十元之间,边喝边侃大山,把酒言欢。酒杯里面不会空,隔一会儿举杯嘬一口,花生米常用手抓,算是一种姿态。也总有那么一两个人,劝酒助兴几句,这样,独酌成共饮。

20世纪80年代末,我与单位同事相约在梁溪大桥堍的一个好像叫"宴春楼"的面店,吃早老酒,有单位领导、中层和个别爱喝酒的近十人坐在一起,酒盅频举,与酒为友,相处融洽,漫漫人生长旅,感受大家在一起共事,是缘分,这是我人生中第一次喝早老酒。

喝酒得法,愉悦心情。鹤发童颜的老酒徒最令人羡慕,他们大都爱喝慢酒,量也不大,看上去喝得讲究,喝得舒坦。过去,住在我隔壁的老王,几乎下班回来天天要喝三两"三点水",菜并不讲究,一瓶白酒喝三天左右,老婆也从不反对他喝酒,相反,烧了菜侍候,因为老王是家里的顶梁柱,家庭主要经济来源靠他。尤其是到了夏天,太阳一落山,一张小四方桌就放在家门口,摆开了架势,用井水将水泥地浇得透凉。邻居走过人人看得见,碗、筷、匙放好,自然菜也已端上来了,一瓶普通的洋河大曲开启,醇香扑鼻,圆口玻璃大杯,一次性倒上三两,喝的是精神寄托,喝的是人间眷恋,喝的是儿女情长,喝的是减压减负消疲劳,喝的是小老百姓的生活乐趣,也没有那么有情调的高大上一说。我有时看老王喝酒,会诮上一句:"今天又喝了多少?"老王总是笑笑说:"就杯子里这么多,就这么多。"回答很有分寸,看来吃酒也是"修炼"。

从谷物到美酒,一放贮存许多年。无数故事尽在里面,当然得慢慢品饮。家有美酒和佳肴,须细嚼慢咽,这就是慢生活。我从未见老王打过牌,他的爱好尽在壶里、杯中和火炉边。

酒有三赏。

一曰赏花。每年农历二月,惊蛰后桃花盛开。这时节,春寒料峭,最是乍暖还寒时候,约三五知己,至阳山桃林,寻一树桃花,陈年老酒佐淡春风,微醺时候息语凝思，感受万物复苏，泥土芳菲，人间烟火。

二曰赏雪。晚来天欲雪，能饮一杯无？黎民百姓焉能无动于衷？冬夜寒彻，雪落无声，知己好友围炉烫壶酒。玉祁黄酒最称心，浅酌三杯，感天地悠远，今古浩荡，醉人的又岂止是酒？

三曰赏月。赏月最宜秋夜临水。咱一介草民，一生无大起大落，也没有大悲大喜，安安稳稳，平平淡淡，有点小爱好涂鸦文字，日子过得安宁，人生向"奔七"而去，夫复何求？

待到来年春天，呼朋唤友，三三两两，找个草地一坐，你一口，我一口，看着夕阳等繁星出现。

呷一口小酒，心情如释重负，烦恼抛九霄云外。

域外走笔

哈佛拾穗

哈佛大学的秋季最是婀娜多姿,落叶随着树隙的阳光盘旋而下,像千万只飞舞的小雨伞。

时值中秋后,叶落快殆尽,榆树孤零零地站立那儿,虽然略有萧瑟,却别有一番劲拔的滋味。

哈佛校园里的建筑,静谧地坐立原处,它们安详地默默无言。校园里的松鼠,在草地上溜达,见了人来,睁大眼睛,后脚竖立,前足拱起,非常可爱,像欢迎世界各地来的游客。见它们行礼如仪,我忍不住拍了下来。它们雀跃欢呼,四处跳跃,吱吱地叫,一会儿又爬上了很高的树上,倾诉着"哈佛的故事"。

我特别欣赏哈佛校训:"让柏拉图与你为友,让亚里士多德与你为友,更重要的是:让真理与你为友。"在很多榜单中排名世界第一的高等学府,其校训果然语出惊人,与众不同。

哈佛的墙壁上布满了常春藤,藤上的枝叶随着四季的变化呈现不同色泽,所以其建筑像似变色龙,从淡青、墨绿、橙黄到火红,以至于叶落殆尽,又恢复灰白的本色,周而复始,蜕变不已。

主楼正面左右侧皆有阶梯式的出入口,两门的中点有约翰·哈佛铜像。铜像之下有大理石座承托着,座前面刻着"约翰·哈佛,创校者,(1638)"。这便是著名的"三个谎言的塑像"。首先,当雕刻家法兰西在1884年雕塑约翰·哈佛时,因为没有人见过哈佛本人,故只好以一位英姿焕发的校友作为模特儿,结果就是今日所目睹的神采奕奕的雕像。然而,这个人绝不是哈佛先生。

其次,哈佛并非哈佛大学的创校者。约翰·哈佛仅在临终前,将他的一半财产及全部书籍捐给哈佛大学,充其量只能算是捐赠者,但后人为了纪念他的慷慨解囊,便以他的名字作为校名。所以,第二行"创校者"三字是"谎言"。

最后,哈佛大学是创办于1636年,而非1638年。

虽然"哈佛"铜像有若干的讹传,人们对它的兴趣却丝毫不减,不时有游客围绕着它,这尊铜像遂变成哈佛校园最上镜的人。

假如我遇上冬日落雪,说不定还会在铜像上帮哈佛戴上雪帽与哈佛合影呢。

哈佛铜像,虽知为"假",却在众目睽睽之下安然屹立在校园内，使人们反而易于以欣赏的观点来靠近它，使它与学习、生活、工作、旅游等的人打成一片，成了世人谈天说地的佐料。

加拿大枫糖餐

加拿大盛产枫树,素有"枫叶之国"之称。在魁北克省和安大略省的路途和公园,常能见到枫叶遍布,每到深秋,枫叶树红如晚霞,仿佛夏日里怒放的花朵。

旅程的第二天中午,在蒙特利尔,旅行团队就安排别有风味的枫糖餐。先每人一杯枫糖茶,茶水淡而微甜,香味扑鼻,其风味独特。面包上涂一点枫糖酱,配以烤牛肉、烤鸡腿,吃的糕点均由枫糖调制,甜度合适。在店内,一位飘着长发的音乐人,用老式的手风琴和吉他轮换弹奏着外国乐曲,室内的氛围优雅、舒坦、柔美。我请他弹一首加拿大民歌《红河谷》,他欣然而奏,博得整个团队和餐厅游客的一片掌声,加中友谊得到见证。

吃完枫糖餐,走出店门,还有店家在草坪上现场制作枫糖,方法是在长长的铁槽中,装入白冰,拍打结实后,盖上长盖,稍等冰块略微融化平整后,把熬制的枫糖浇在雪白的冰面上,然后用竹签卷起冰枫糖,样子像我们吃的绕绕糖。每人感到新奇,个个都说好吃，其味清香。枫糖热量比蔗糖、果糖、玉米糖都低，钙、有机酸与牛奶相当。说起采集枫液，是在枫树上打好孔，插上一根塑料插头，连上导管，枫液就流入了储藏罐。采下的原液很甜且浓，须稀释数倍才能食用。现加拿大市场有枫糖、枫糖酒、枫糖饼干、枫糖巧克力等，据介绍，要树龄在50年以上的枫树才能采集枫液。尽管加拿大遍地枫树，但保护枫树、保护生态的做法，令人称赞。因为，它每年采集的枫液控制在10%左右。

  我欣赏到了繁茂美丽的枫叶红树，我品尝到了风味俱佳的枫糖餐，我更赞叹加拿大对大自然的敬畏，对可持续利用绿色树木的保护之举。

伊朗、土耳其游记

沿地中海一路从北向南，无论是自然地貌、宗教信仰、建筑风格，还是风土人情，看哪都让人惊喜，让人感动。

这是些既让人觉得惊艳，又能让人心安的国度。

经停伊朗

由马汉航空公司执飞的大型宽体飞机空客340，从上海浦东起飞，经10小时差5分的航行，于北京时间2019年11月19日9：55，平安抵达伊朗首都德黑兰。在此，将经停5个小时，再飞往土耳其最大城市伊斯坦布尔。出发的消息发出后，得到众多微友的互动和点赞，我在域外向所有关心我的朋友们表示衷心感谢。距离虽遥远，但我们的心是相通的。路遥知马力，日久见人心，最暖心的祝福是一路顺风，平安归来。只要网络许可，我会和大家一起分享海外人文景观、自然风光和所思所感。

有意思的是，机上送配餐2次，当空姐第2次示意想喝哪种饮料时，我脱口而出：热茶，其实，心里想喝热咖啡，因语言交流不便，也就不再改口，随着它去吧。结果，送上来的正是热咖啡，这正是：心想事成，开启旅程好兆头，但愿后续称心如意。

外面世界很精彩，就怕自己不理睬。

去伊朗，到达德黑兰霍梅尼国际机场，天色未亮，当地时间早晨 5 时左右，气温较高，穿一件衬衫已够了，团友纷纷卸装减热。入关时，不须在护照上盖章，仅凭一张签证单即可。

伊斯坦布尔知多少

伊斯坦布尔是土耳其最大的城市，历史上曾是首都，人口约 2000 万。一个城市的地域横跨亚洲和欧洲，全世界非它莫属。这也决定了这座城市是将亚洲和欧洲的文化糅合在一起的，是东方和西方文化结合的城市。因刚到，还没有全面了解城市的地貌，但我已看到它的山地、大海以及横跨两地的桥梁、教堂、历史建筑、中餐馆等。

如果说，不出国门待在家里，不看外面的世界，也不会有什么损失，但出去看看，却会增加阅历的厚度。

昨天刚到，我们下午参观圣索菲亚大教堂、蓝色清真寺、古罗马竞技场等。

圣索菲亚大教堂有着约 800 年的历史，是拜占庭时期建造的一座罗马纪念馆,在此,可见证君士坦丁堡的兴起和灭亡。索菲亚在基督教里是上帝智慧的意思,参观的人须脱鞋,前来朝拜的教徒以虔诚的心面向麦加方向。这座建筑造了5年,集全国100多个建筑师和万余名工匠在这儿劳作,是穆斯林做礼拜的圣地,尽管马赛克壁画已褪色,但历史的光芒不会消失。土耳其拥有中亚的信仰,风俗经上千年时光流淌着,世界各地游客在这里驻足、相看。

伊斯坦布尔的人,会把自己最后的一片面包拿出来,与敲响他们家门的陌生朋友共同分享。晚餐时,我们来到一家中餐馆,端上来一盆番茄炒鸡蛋,我特地问服务员叫什么菜名?回答是:中国的国菜。

这是一个古老的城市,我们在竞技场上看到石塔和一座喷泉。

石塔是花岗岩铸成的方尖石塔,是当时罗马帝王从埃及尼罗河的卡尔纳克神庙运到这里的。另有青铜器铸的"毒蛇之柱",已有千年历史。

喷泉是德国的国王维何林二世送给奥斯曼王国的礼物。

傍晚时分,马尔马拉海在余晖下熠熠生辉,成群的海鸥追逐着海浪,一小商贩在岸边兜卖咖啡,一美女拿起方巾拍照留影,我们的团友轮流互拍。我也记录了大海的胸怀，它是通向黑海的急流，是与地中海国家衔接的通道，是土耳其的要塞。

旅游一般都是走马观花，这，仅是第一天来伊斯坦布尔看到的"一匹刚走的马""一朵最小的花"而已。

关于美食

旅行社安排大多数是自助餐，少数是集体团餐或自理。感觉自助餐方便、简洁，随自己喜好选择，既灵活又自由。国外饮食，冷的偏多，包括饮料。

自助餐挑的时候，每个品种不宜多拿，先只要拣一两片或少许就可以了，因为你不知好吃不好吃，有些卖相好看，味道怪怪的，有咸、甜、酸、辣、无味、色料味、浓重水果味等等，有些其实根本不好吃，弃之浪费，只有品种少挑一点最合适，感觉好可拿了盘子再去重复取食。

记得有次在马来西亚的马六甲，端上来的炒青菜上面浇了一层咖喱酱，很难吃，但那儿个个菜要上酱，饮食习惯与我们不一样。

土耳其是一个好客的国家，百姓面对问讯非常友善，绝不会让你走冤枉路，接下来，我们将慢慢体验地中海的饮食文化、多民族的温和与文明。

关于小费

幸亏群主（领队）今天一早提醒：别忘了放小费。

离开房间，便放了5元人民币。出发前，领队关照，入乡随俗，在伊朗、土耳其每个房间（不按床位）离开时，要放1美元或5元人民币，两天下来，一直忘掉，因为没有这个习惯，其实口袋里已换好了多个5元。

各个国家、各个地区付小费尽管标准不同，但付小费是"通俗唱法"，在美国几天，我倒习惯付小费，主要是第一天开了个好头。在加拿大点菜结账，要付10%的小费，在泰国，一般都是在5—20泰铢。

在国外，服务员工资仅一个底薪，大多靠小费收入生活，这是对劳动的尊重。小费文化一说起源于英法17世纪小酒吧，一说19世纪起源于美国，能延续至今，必定有其道理，国人大多不习惯、不理解，我已付了团费，还要另付小费？请理解一下小费的含义，你如果多放一点小费，明天的服务会更好；你如果忘了今天的小费，明天补上，明天会更好。在泰国普吉岛上的小皮皮岛，刚上岛，就有人来帮你拿行李箱，开头有些不习惯，生怕丢了，其实，在泰国，这种主动又热情的服务是不收费的。

惊叹特洛伊古城

特洛伊古城位于土耳其西北部的希沙立克山下,紧临碧波万顷的达达尼尔海峡,隔海与巴尔干半岛相望。

特洛伊历史始于公元前3000年至公元400年,是历史上最重要的城邦。这片古老的土地,是人类文明的摇篮,蕴藏着人类历史上深一层的路径和更深处的声音。

特洛伊故事始于旅行家的心灵故事,并在荷马史诗《伊利亚特》中达到顶峰。

我看到一片废墟,石柱、石堆、石碑、石山、石林、石拱,这些,没有圆明园遗址的精美,却隐藏着许多神话。不管是否真实存在,还是后人虚构,但都会令人想起黄金英雄、娇艳的美女海伦、狡猾的神灵和木马的传说。

从荷马时代至今,特洛伊中的人物与现实交织在一起,通过戏剧、诗歌、电影和书籍等来反映。

特洛伊是联合国教科文组织列入世界文化遗产名录的项目,来此,终生有幸,不虚此行。土耳其,特洛伊,我除了惊讶,就是惊叹!

以弗所所见

在我眼里,以弗所是一所露天博物馆,以弗所是中文名，别名艾菲斯。

它位于土耳其爱琴海附近的巴因德尔河口处，历史上和小亚细亚西岸的希腊是十分重要的城邦，为古代世界七大奇观之一，传说是圣母玛利亚诞生之地和度过生命最后时光的地方。

公园遗址能见到的有罗马角斗士场、戏院、古代厕所、大浴室、神庙等。几千年以前的戏院，就能容纳25000名观众，是什么概念？这充分反映出古代人民的智慧。

历史上以弗所拥有近50万居民，是十分繁华的城市，也是早期基督教的重要中心。据考古，早在公元前6000多年的新石器时代，这儿已有人类居住的痕迹，后因火山、地质变化等，于15世纪衰落。

历史永在，文明长久，生命不息，江海奔流，现在看到的是残壁断墙，但遥想当年，曾荣光耀华，人类的进步，其实是从残存的建筑和古代文明的光束中走向现代的。

邂逅棉花堡

今天游览了世界双遗产（自然和文化）公园——棉花堡。它是一个非常奇特的自然景观，30℃的热水从地下冒出来，在逾100米的山坡上形成无数大小水池，远比四川黄龙壮观，气势恢宏，规模大，范围广，层次多,"棉花"厚实,大小池内含有大量石灰质矿物,形成层层奶白色梯田,原来名称为帕姆卡莱。

因周期性地震频发,希拉波巴斯古城遭受破坏,棉花堡附近有很多建筑物废墟矗立在那儿,但棉花堡绚丽的自然风光,仿吸引着全世界人的目光,它给人们带来一种身处虚幻世界的感觉。

我原本已经带好的海绵拖鞋没穿上,看到众人光着脚涉水,也就赤脚欢乐了,其实,脚很痛,因岩石有褶皱且碎细石多,红色的岩石特滑,带手机一定要当心滑落,下次有朋友再去要记住哦。

浓浓的"棉花"雪白雪白,雪光反射很刺眼,一定要带上防雪光眼镜,可保护视力。

大自然的鬼斧神工,使棉花堡成了欢乐的天堂,天上滑翔机展翅高飞,给人以美的视觉冲击。几对老外在附近热泉中泡温泉,一美女在雪地里与鹦鹉合影,真是良辰美景。

如此众多的游人来这里,原来除了赏景,还有理疗。这儿的水质能治疗皮肤病、风湿病、心脏病、眼疾等,它的水是流动的,有疗愈之功,也称热水之神。

许多政治家、国王、科学家、哲学家、旅游达人等都来到这儿,愉快地度过欢乐的时光。

棉花堡水清澈,来棉花堡,有你的自由;棉花堡,有你的欢快。

图兹盐湖

图兹盐湖,是土耳其第二大湖,含盐量占30%,土耳其的食用盐大部分出自这里。

由于湖水含盐分,加上太阳光的折射,湖水呈现五彩缤纷的颜色,不同季节、不同时间,颜色不同,是天空之镜倒影的最佳摄影地之一。

浪漫土耳其,行色匆匆,看点多多。

一天下来,马不停蹄,旅游确实是走马观花,限时限刻,整个团队沉浸在土耳其的民族风情和悠久的历史和文化氛围中,没有人说吃力,走不动。

卡帕多奇亚

最浪漫、最刺激的是热气球,早晨5:20叫早,等待6:20出发,结果前方来信息,说目前气流大,不宜升空,只好在旅馆大厅等,大概过了40分钟,导游说已是黄色信号,表示可以择时去基地了。没过多久,绿色信号开启,大家欣喜若狂,赶快出发!车程20分钟到了热气球基地,一下子看到几十只热气球在山谷里等候远方的客人,不一会儿,红色的火焰冉冉升起,我们已上了吊篮。一篮可乘22人,其中2位驾驶员,另有韩国人、伊朗人等。巡天遥看卡帕多奇亚,山谷、古城堡一览无遗,风光无限,吊篮里的乘客欢呼、尖叫、激动,纷纷拿起相机、手机拍照、录像,记录这精彩的瞬间。其实天还是非常冷的,不会超过10℃,高度在700米左右,人人穿了羽绒服。

最精准的是,硕大的气球正确无误地降落在预留的底座上,香槟酒备好,我们为此而庆贺,登上热气球的国际证书人手一份。

此次行程我们还参观了格雷梅露天博物馆(鸽子谷、精灵烟囱等)、地毯博物馆、陶瓷工艺品店等。露天博物馆真正是"奇石世界",举世无双,石笋状的柱子和烟囱状的石岩,蔚为壮观,形状任你想象,多头式、尖帽式、公鸡式、宝盖式、老鹰式。到了鸽子谷,上百只鸽子觅食和飞翔,与岩石上的"鸽子洞"浑然一体,古迹仿佛也因鸽子活了过来,呈现约2000年前的旧貌和盛况。土耳其地毯很出名,一美女用半生不熟的中文详细讲解了半小时,店家演示了20多条手工地毯,价格不菲,质地精良。古时,这里是游牧民族生活的地方,人们长期野外耕作,需在类似蒙古包的地方生息,便用自织的毛毯盖包保暖,久而久之,毛毯工艺日臻完善,成了久负盛名的土耳其地毯。陶瓷工艺品店,可以说集艺术之大成,全面反映了土耳其民族的优秀文化,工匠师还现场制作了壶,令人惊叹。

土耳其,是一个梦的世界,这里的自然奇观极其神秘，让人似乎在梦幻中神游，足以让你回眸、留影和惊叹！

今天将去土耳其首都安卡拉，明天将飞伊朗首都德黑兰，8天的土耳其之旅，一路得到大家的点赞、点评和互动，是我一路输出干货的动力，写不出大哲大美，只能让大家初步了解一下我见到的土耳其，旅行，独乐乐不如众乐乐啊！

人物素描

托起制造业皇冠上的明珠

——记"工匠之星"贺明

题记: 航空发动机是制造业的皇冠,叶片、叶盘是航空发动机能量转化、性能寿命指标的关键零部件,是制造业皇冠上的明珠。贺明和他的团队是托起皇冠上明珠的开拓者。

在无锡市新吴区有家新型民营企业——无锡航亚科技股份有限公司。该公司成立于2013年,是一家专门生产航空发动机零部件和医疗关节植入锻件的高新技术企业。航亚的发展坚守"以人为本"的原则,也深知精益求精的重要性。航亚在飞机发动机的叶片及叶盘的制造上具有较深的造诣,而提到叶盘不得不提到航亚叶盘事业部经理——贺明。

贺明,中国机械制造优秀工艺师,2016年无锡机械工业优秀科技工作者、青年岗位能手、新长征突击手、优秀共产党员、无锡机械行业为数不多的"工匠之星"。

当我走近他时，颇感意外。在我的想象中，他应该是反应敏捷，善于表达的人。但实际给我的印象却是1.8米的个子，圆圆的脸，憨厚朴实，谈吐斯文，穿着洗得略近褪色的"航亚科技"工作服。我于是突然想到，这么一位年纪才36岁的普通得不能再普通的人，在他的身体里到底有多大的能量，能在不平凡的岗位上，托起制造业皇冠上的明珠？

1983年4月23日，贺明出生于安庆市，祖籍常州武进，2005年6月毕业于南京工程学院机械工程系，2017年12月毕业于上海交通大学机械与动力学院，并获得硕士学位。机械与动力的结合，使贺明在航亚的技术平台上如鱼得水，如虎添翼。2005年8月，他到无锡市透平叶片有限公司技术中心当工艺员，2014年9月至今，任无锡航亚科技股份有限公司技术经理。

技术经理，什么概念？就是负责生产整体叶盘及技术质量的把关人。在航亚，贺明带着一种情结、一份报效祖国航天事业的憧憬。

他，自从走进这家军民融合的企业，就注定与该公司同命运、共呼吸、心连心。

时间飞逝、岁月如梭，一转眼，来航亚快4年了，贺明年纪也到了34岁，已过而立之年，为了航空梦想，到2017年9月他才有了自己心爱的女儿。为了使整体叶盘的综合技术达到国内领先、国际先进水平，他废寝忘食、夜以继日，不断推迟生孩计划，为工作、为事业，不知熬过了多少个不眠之夜。整体叶盘，如一串串圆月弯刀，静静地散发着银器般的光泽，用手摩挲，则有着肌肤般的光滑圆润，它不是瓷器，不是玉器，而是航空发动机的核心零部件之一。

与传统装配部件相比，整体叶盘是将叶片和轮盘设计为一体，其优越性是减负、减级、增效。长期以来，英美等国一直应用整体叶盘，但技术上是严密封锁的。

由于整体叶盘结构复杂，通道窄、叶片薄、弯扭大、易变形，材料多为钛合金等难加工材料，其综合制造技术属国际性难题。一件复杂的整体叶盘的加工制造往往需要两三百个小时，中途要换几十把刀具，工艺参数多变，稍有不慎，价值几百万元的整个叶盘就会报废，功亏一篑。所以在制造之前，就要对工艺流程的可靠性、科学性进行大量的数据积累和反复的工艺试验。为此，贺明和他的技术团队，攻坚克难，通过经验积累和研究总结，突破和掌握了"整体叶盘数控近净成型加工技术""摩擦焊自适应加工技术""整体叶盘原位测量补偿技术"等关键核心技术。至今，他们已成功实现：精加工线速度达300m/min，进给速度达 3050mm/min，加工精度优于±0.03mm，精加工后表面粗糙度在 Ra0.8 以内，将风扇和压气机整体叶盘的加工周期分别由 6 个月和 8 个月下降到 3 个月和 1 个月，刀具损耗从 250 把减少到 100 把以下。

道在日新，艺亦须日新。

技术关键点和知识链是拓展思维的推力，贺明在研制和解决技术难题上，时而遇到蓝天丽日，时而碰到杏雨霏霏，时而鱼翔浅底，时而鹰击长空，春园芳草，日日见长，秋蚕食桑，夜夜育肥，终见硕果。

毋庸讳言，贺明人生的辉煌，是在航亚。

刚进航亚，贺明深知，我国整体叶盘加工工艺技术水平严重落后，必须追赶先进国家，并走出自己的路，创出样板。历经 5 年研发，他成功按毛坯模锻—粗车—钻/铣角向基—粗、精铣叶型—精车—振动光饰—表面强化处理等工序顺序，建立了独具特色的主工艺路线，其中通过高速铣加工和振动光饰工艺攻关，在国内率先取消了去应力热处理和手工抛光工艺，大大提高了产品质量稳定性、一致性和制造效率，达到国际先进水平。

整体叶盘是现代航空发动机的新型结构部件，这一技术可使发动机重量减轻 20%—30%、效率提高 5%—10%、零件数量减少 50% 以上。目前，在国外第四代战斗机的动力装置发动机上，风扇、压气机和涡轮等结构设计均采用了整体叶盘结构，国际新一代民航发动机也相继应用了整体叶盘技术。

贺明，一个航亚人，秉承工匠精神，干得执着，干得豪迈，干得精彩。

"中国制造"呼之欲出。

国产整体叶盘的创新为"大国重器"画下浓墨重彩的一笔。

606所给予航亚"加工质量好、加工效率高、一次通过整体试车考核"的满意评价。

国内外订单纷至沓来，生产任务源源不断。

由此，航亚成功获得中国航发战略入股。与美国GE、英国罗罗、法国赛峰及施乐辉、强生等公司达成战略合作。

航亚也成为国内为数不多的航空发动机关键零部件核心供应商之一。

航亚，走的是一条引进、消化、吸收、再创新的道路，在董事长严奇的带领下，充分借鉴国外先进技术，勇于创新，大胆突破，自我超越。

安全是发展飞机的底线，质量是生产的生命线。

如今，贺明和航亚一起为能给国家的航空事业贡献一份力量而感到欣慰和自豪。他们仰望蓝天，看到国产自制的飞机，用上自己的产品，翱翔于祖国大地之上，那是怎样一种惬意和欣慰啊！

是的，什么也不说，祖国需要我！贺明每天坚守在平凡的岗位上，默默无闻地奉献，为中国航天起航贡献着力量。昔日"两弹一星"工程，老一辈提出"干惊天动地之事，做隐姓埋名之人"。今天，在航亚，这种精神没有失传。

写航空，写飞机，写整体叶盘，不能不写航亚和贺明团队。

在采访中，贺明的合作同事都谈到他刚到该公司时，是公司初创期，百业待兴，设备需上马，技术标准无，工艺路线需论证，制造工艺要提升……董事长严奇慧眼识珠，他一板拍定，由贺明担任技术经理，这副担子举足轻重。

第一批进口设备需调试，贺明买了张简易折叠床，24小时守在设备边上，整整三天三夜日夜调试，终获成功，人累倒了，喜悦之情难于言表。

让我们试着用行业专业用语，来描述一下贺明所攻克的技术难关吧：

发明专利有快速测定铣刀偏心的非接触激光测量方法；双尖顶回转铣夹具；新型静叶片型面三坐标准测用装夹工具；TC11材料叶片的加工方法；改进的叶

片方箱内径向角度面的通用测具；叶片用钻叶顶中心孔的专用夹具；组合式叶片模拟装配测具和测量方法；用于对叶片用夹具和测量的校验量具；汽轮机叶片进、出气侧厚度测量装置；榫齿叶根叶片的回转铣夹具结构；叶片框架测具的通用气动压紧机构……共13种专利发明。

这些专利为企业生产开辟了前进的道路，扫清了操作上的障碍，使得工艺趋于完美，创造了近千万产值。贺明所在的事业部以过硬的产品赢口碑，一览海内外市场的风光无限。

采访的结果告诉我们：贺明靠的是爱岗敬业的精神，靠的是雷锋般的"钉子"精神，靠的是董存瑞式的不怕牺牲的精神；靠的是邓稼先式的奉献精神。他以自己那种不畏艰难、勇往直前的拼命精神，在重重困难中，艰难地跋涉，并登上一个个人生的台阶，创造出一个又一个奇迹。

他参与的重大项目有"新产品新技术鉴定验收"（苏经信2016042号），在国内首先采用粗精混合铣工艺、特种刀具设计、高速铣加工等关键技术，加工出高精度航空发动机整体叶盘。

有国家科技重大专项——透平机械叶片制造应用国产高档数控机床示范工程（2011ZX04015-011），完成了研究大型叶片机床装夹机构研究和小型叶片机床自动装夹、检测机构研究。

有江苏省科技成果转换专项资金项目——百万千瓦等级汽轮机长叶片研制及产业化（BA2009028），完成了国内领先的1200MW核电67英寸汽轮机长叶片和1000MW核电55英寸汽轮机长57英寸空心叶片机加工工艺研究，获省科技三等奖。

贺明以坚不可摧的信念和执着，为企业、为航空航天事业、为国家默默奉献着。

他青春无悔。

作为一名技术带头人，他像一支蜡烛，点燃自己的同时，照亮了别人，他将自己的那份光和热，融入他的团队。他对之富有深厚情感的航亚，因他凝聚成了巨大的科技创新、科技进步的动力。

一滴水可以折射出太阳的光辉。

这里写了贺明，但他只是军工行业千千万万个先进人物中的一员，我们无法写完我国军工国防事业上无数的能工巧匠和科技明星，只是想通过自己浅薄的文字提醒人们：不要忘记军工人。他们为科技现代化付出了时间、精力、汗水、家庭和健康，甚至有些是生命。

不忘初心，牢记使命，丰碑无言。

贺明从他入党第一天起，就牢记宗旨。他清醒地意识到，在那儿就要有担当，就要尽责。忽如一夜春风来，千树万树梨花开。在航亚急需人才、呼唤科技人才的时候，严奇董事长，慧眼识珠，从透平叶片急速调来了贺明，使其人尽其才，才尽其用。贺明也很快就适用、适应、适合了。

时间以它轻盈的舞步，留下了创业的美好回响。这时，贺明还意识到，整体叶盘加工技术与传统工艺相比，粗加切削力、加工振动幅值、加工时间明显降低，叶片变形扭转角仅为传统工艺的 1/10，工艺流程和加工技术必须突破。贺明和他的团队仅用不到一年的时间，使航亚跻身于国内具备整体叶盘制造能力的少数几个企业之中。

在技术突破的征程上，雄关漫道真如铁，一路风云，一曲嗨歌，一路向前……

剧是必须从序幕开始的，但序幕还不是高潮。创业 5 年来，航亚人彰显了辉煌的过去，也必将指向灿烂的未来。2015 年产值 1510 万元，2016 年产值 3103 万元，2017 年产值 9961 万元……

岁月流逝如梭，看航亚人正和着改革和制造大国的步伐，扬波踏浪，贺明和他的伙伴们都将是公司发展、壮大的历史见证者、开拓者、建设者。

幸福和美好未来不会凭空出现，成功属于勇毅而笃行的贺明和他的集体。

火总向上升腾，人就要往前走。

若问何花开不败，实干创业越千秋。航亚科技股份有限公司在严奇董事长的亲力亲为下，躬身前行，用创新思维和发展的眼光，推动"皇冠上的明珠"发热、发亮、发光。作为一个优秀的企业家，严奇董事长自豪地说："最大的理想莫过于在中国航空发动机事业的贡献者名单上，能够看到航亚的名字！"

时间是忠实的见证者，数字是清醒的观察者。人，是企业创新的核心要素。

公司现有职工318人，其中研发人员66人，本科及以上学历人员80多人，中高级职称人员22人（研究员级高工2人）。正是有了这些研发人才，打造了宏大的高素质专业技术人才队伍，公司才营造了"比、学、赶、帮、超"的氛围。通过采访，了解到公司特别注重员工之间的学习交流，经常组织科技人员交流、培训，研究新技术方案，新老职工有成就感、荣誉感，在重大科技项目、产品项目攻关中，都是像贺明一样的中青年科技骨干挑起大梁。

公司从开业至今，总投资已达4亿元，其中固定资产投资2.1亿元，发动机叶片项目投资1.5亿元，发动机整体叶盘投资8500万元。公司现有厂区总占地面积约24.5亩，建有9000多平方米厂房，3000平方米办公和生活设施。航亚一期产能建设：航亚发动机精锻叶片80万件/年，整体叶盘制造300件/年。

随着民用航空发动机对推重比和排放的严苛要求，波音787、波音737MAX、波音7X7、空客A350、空客A320neo等国外新一代的大推力干线飞机发动机压气机部分和支线飞机风扇部分均广泛使用整体叶盘结构。

进入新时代，"工匠精神"成为名副其实的高频词。从贺明身上体现出一种工匠精神——热爱、坚守、专注、执着。这是一种从业追求，代表着一个时代的气质。贺明的敢于创新，才能玉汝于成。

航亚的发展，一是技术领先，自主自强。二是研发投入，短短的五年研发投入就达6000万元。三是心系用户，得到国内外市场的认可，用户有品质获得感，核心技术是国之重器。董事长严奇说得好：我们摆脱核心技术受制于人的需求越来越迫切，公司的发展，只有科技这块"骨头"足够硬，我们才有机会与国际巨头平等对话。贺明和他的团队不负众望，善于把国际前沿新的东西吸收进来，并在工程中创新应用，公司近期又将派贺明赴欧洲学习、取经。

当然，核心技术并不是高不可攀，但关键是企业自己要有担当,航亚公司正是有着企业和贺明们的当仁不让的担当,才有今天的辉煌。

贺明深知,核心技术产品的难点不在于科学原理,而在于工程细节的完善。

与贺明交谈,他深切地说:"产品发展,标准先行。我花了很大的精力,在质量和技术的控制、管理上。"

是啊,标准是产业迈向价值链中高端的基石。航亚走到今天这一步,已有一大批高水平、高质量的标准集群,引领和倒逼产业转型升级并向制造的高精尖领域开拓。当我采访董事长严奇时,他还说了这样一番话:"我们航亚公司有了一整套的标准,就牵住了整体叶盘核心技术的'牛鼻子',为此,我们感到自豪。"这是发自肺腑的言辞,喜悦之情,溢于言表。

形势逼人,挑战逼人,使命逼人。严奇正带着像贺明一样的多个团队,撸起袖子加油干,耐着性子坚持干,抢占先机,直面问题,迎难而上,瞄准世界科技前沿,引领科技发展方向,肩负时代赋予的重任,勇当新时代科技创新的排头兵。

走进制造企业,问道榜样力量。当我第二次去公司采访时,趁时间上的间隙,想将采访的初稿,先给贺明本人看一下有否笔误,即打电话他,他回道:"不好意思，我现在走不开。"我深深地理解他，身在车间一线，生产线上对技术和质量的精益求精，是时时处处、分分秒秒体现的啊！

下面几个小故事，我们可看到贺明在勇当新时代科技创新排头兵和匠心的点点滴滴：

当首件风扇盘研制期间，贺明母亲突发中风，家人急招，思考再三，关键时刻不能离开岗位，他强忍泪水，没告诉领导和任何同事，继续扑在现场，一直到风扇盘交付（创造了国内风扇盘交付周期记录），母亲已中风20天后，才向领导报告请假。领导急忙批准他长假回家，万幸的是母亲安然无恙。

贺明瞄准世界整体叶盘加工最高水平，选择了技术要求最高、难度最大的无热处理、无手工抛光的整体叶盘工艺路线，这条工艺路线的众多技术细节、技术诀窍，国外是对国内严格封锁的，完全需要从零开始摸索。得知航亚选择这样的工艺路线和主设备后，国外、国内客户和竞争对手都认为他们肯定不能成功，几千万的设备投资会打水漂。但贺明带领技术团队，从国外期刊的点滴信息，进行分析、总结开始，通过无数日夜的刻苦钻研，上千次工艺实验反复摸索，在短短1年时间内，掌握了全套工艺，交付出合格产品，打破了国内整体叶盘交付周期和质量记录。掌握这套工艺后，国内外众多客户纷至沓来，给公司创造了极大的市场。

当第一个叶盘加工时，贺明深感责任重大，直接买了折叠床，在重要工序期间均全天住在公司。最长纪录是精车时，为确保到位，在计算机编程后，用手工计算核对每条程序指令，他整整3天3夜没合过眼。

在做振动光饰实验室时，需要将研磨剂和磨料分离在煤油中搅拌分离，但搅拌器突然坏了，维修需要3天。贺明带人用大桶、脸盆、大勺、筛网，用了整整15个小时，经手工搅拌、筛分，确保了项目进度，但之后，他的手整整2天抬不起来。

滴水映日，片叶知秋，窥一斑而知全豹。

贺明以兢业、吃苦、细心、稳健、奉献、务实等工匠精神铸就了无锡航亚科技股份有限公司在业内的标杆地位。

当下，无锡正在实施创新驱动核心战略和产业强市主导战略，构建以战略新兴产业为先导、先进制造业为主体、现代服务业支撑的现代产业体系。航亚公司创新布局早，多方面实现技术突破，已有了核心部件设计和制造能力，具有本土制造业的优势、底气，也有了未来创新发展的广阔舞台。未来航亚科技一定能不断飞越新高度，成长为代表中国水平的航空发动机叶片和精密成型技术领域的领先者及卓越供应商。

"力，形之所以奋也。"

在航亚，以创新为引领，以工匠精神为务实的第一动力，已成共识。企业的创新活力一旦点燃，会形成让人耳目一新的"智能"经验。无锡航亚科技股份有限公司是国内唯一实现叶身精锻的企业，那些无可挑剔的叶片却是在价值几十万元，最多不超过150万元的机器上生产出来的。董事长严奇说："我们完全没必要迷信高端装备，在流程上对工艺进行严格把控，也可以实现技术上的超越。"这话语，掷地有声，这就是自信的力量啊！这种"软实力"对于企业来说，显得更为宝贵。

"工匠精神"，连续两年被写入政府工作报告。大力弘扬工匠精神，厚植工匠文化，恪尽职业操守，崇尚精益求精，培育像贺明一样的众多"中国工匠"，打造更多享誉世界的"中国品牌"，推动中国经济发展进入质量时代，日渐成为全社会的共识。聚焦贺明，解读航亚，工业是经济的脊梁，工匠精神是"无锡制造"的有力支撑。

无锡工匠的背后，是一个城市对匠心的尊重和传承。

可以预见，无锡航亚科技，在董事长严奇的带领下，有着像贺明一样的多个优秀团队，他们的产业化目标产品，即航空发动机压气机叶片和整体叶盘，将为我国航空工业的发展和国民经济建设起到积极的作用。

实践拓路，潜能释放，普惠共享，开启新篇。强企之路在脚下，靠实干铸就梦想。

"论道"航亚企业发展，坚守实业是企业家精神的内核。无锡航亚科技股份有限公司是一家民营企业，又是智能制造企业，它积极参与国防航空事业、向制造业高端迈进突破，将社会责任视为己任，深耕阵地，夯实基石，已形成尊重实业、振兴实业，让制造业落地生根的氛围，令人备受鼓舞。

"工匠精神"的目标是打造行业最优秀的产品、其他同行无法匹敌的卓越产品，航亚做到了。

曹雪芹著《红楼梦》曾"披阅十载、增删五次"，才"字字看来皆是血，十年辛苦不寻常"，航亚从成立至今，仅五年，但五年的心血和辛苦也不寻常啊。

风劲帆满海天阔，俯指波涛更从容。

坐落在新吴区新东安路上的无锡航亚，如同江河破冰，喷薄而出。公司和员工将在习近平新时代中国特色社会主义思想和科技创新重要精神指导下，腾飞逐梦，扬帆领航，绘就航亚人的崭新篇章。

工装阀门映辉煌

——访工装自控工程（无锡）有限公司常务副总经理奚烨锋

采访开篇：

70年峥嵘岁月，70年铸就辉煌。无锡市机械工业联合会与无锡市作家协会携手合作，拟编写和出版《我与共和国成长》一书，以访谈录为体裁，安排给我的任务是采访工装自控工程（无锡）有限公司（简称"无锡工装"）常务副总经理奚烨锋。我采访他时，虽正值天气炎热之时，但"工装公司"究竟是怎样一家企业？再热的天也挡不住我战胜高温的劲头，再远的路也阻挡不了我去撩开它面纱的步伐。作为无锡市机械工业联合会的上级组织，选定无锡工装作为行业典型，必定有其道理。这次采访，就约在胡埭食堂里的午餐时间。

杨庆鸣（以下简称杨）：这次机械工业联合会把您作为机械行业重点采访对象，并作为新中国成立70年以来、改革开放40年以来的杰出人物，请您先介绍下公司的基本情况。

奚烨锋（以下简称奚）：我公司是日本工装株式会社在华的独资企业，公司成立于1993年7月，前身是无锡市仪表阀门厂，原隶属于无锡市机械局下属一家国有企业。目前，主要生产KOSO品牌的各类常压、高压控制阀、执行机构及控制阀的附件，销售日本工装各类原装控制阀，执行机构及控制阀附件。

杨：公司位置属于哪个区？分厂名称是什么？职工多少人？

奚：公司总部在无锡蠡园经济技术开发区，并在无锡胡埭工业园设有两个工场（分厂），即无锡工装阀门铸造有限公司和无锡工装流体控制有限公司，占地面积约70000平方米，总投资额超2000万美元。现有员工600名，具有从热加工、冷加工、装配到检测的完整工艺路线，年产控制阀整机36000台，累计销售已达20万台套，并有大量品质优良的零部件输出到工装集团位于世界各地的成员厂。

杨：您能说说产品销售到世界哪些国家？

奚：产品出口到美国、印度、越南、马来西亚、韩国、加蓬、老挝、孟加拉国、缅甸、俄罗斯、哈萨克斯坦、匈牙利、南非、巴西、阿尔及利亚、阿曼、埃及、澳大利亚、巴基斯坦、巴拉圭、菲律宾、格鲁吉亚、赞比亚、乌兹别克斯坦、泰国、意大利、乌克兰、日本等。

杨：怎么会归口在机械行业？

奚：杨老师您问得好，1986年我进厂的时候，它是机械局下属的一个很不起眼的工厂，按常规来说，控制阀制造属于电子仪表行业，但是由于企业做的都是机械类加工，因此归口到机械局。随着企业的转型发展，我公司在国家经济发展过程中发挥了重要作用，具有举足轻重的地位，已成为国家机电部仪表司下属的一个骨干单位。

杨：为什么说具有举足轻重的地位？

奚：这就要从我进厂所经历的企业发展过程谈起。20世纪80年代，计划经济模式下中国控制阀制造有五大重点企业，作为其中之一的无锡仪表阀门厂，当时只能算"小弟弟"。从起初的无锡仪表阀门厂，发展到如今的工装自控工程（无锡）有限公司，它的涅槃重生，从某个角度来讲，也是我们国内一部分国有企业转型求生存、谋发展的一个缩影。无锡工装，昔日无锡阀门厂，如今成为中国自动化仪器仪表行业自控阀门研发最强地。

杨：听机械行业联合会介绍，你公司已融入"一带一路"沿线国家的基础建设中，您能具体谈谈吗？

奚：是的，我公司是国内调节阀行业的领军企业。近年来，公司以智能化制造为引领，聚焦"一带一路"建设，加大对新产品、新工艺的研发投入，实现了丰厚回报。2019年上半年度净销售额8.13亿元，向国家缴税超1亿元，工业总产值8.6亿元，是滨湖区纳税第一大户，被滨湖区委、区政府评为2018年度"先进制造业规模企业"。

在装配车间，机械桁架根据终端指令，可从高30米的智能仓库内，取出零配件，并进行局部自动化装配。目前，无锡工装对所有阀门产品的生产流程进行数字化监测，客户可以实时跟踪，对订单产品生产情况进行远程控制，在国内自控阀门制造行业处于领先地位。随着国家"一带一路"倡议向纵深发展，公司重点关注冶金、石化、化工领域，研发新产品，由公司生产的超大规格三偏心蝶阀、三杆阀，因具备高精度、高质量，在"一带一路"沿线国家完全打开销路，广受好评。公司正以市场为导向，依靠良好的口碑和声誉，让无锡制造的工装品牌的自控阀门产品声誉更加响亮。

杨：奚总讲得很透彻，您能谈谈自己在无锡工装的成长和工作经历吗？

奚：我是 1964 年 10 月出生的，中共党员，工程师，1991 年毕业于江南大学电子系工业自动化专业，在机械行业整整 33 年了。从工装设计员做起，做过技术经营部职员、车间主任、技经部副部长、营销部长、总工程师助理等，到现在工装自控工程（无锡）有限公司的常务副总经理。公司是日资企业，日方投资，董事长和总经理均为日方，我方受委托管理。在技术部从事设计工作期间，我参加过国家"九五"科技攻关项目"快速切断阀"，并获机械部科学技术进步二等奖。在 1989 年我还和当时的北京工业大学联合研制出了智能蝶阀，并荣获第二届全国发明展览会金奖和第十五届日内瓦国际发明与新技术展览银奖。在 20 世纪 90 年代初，我还代表公司参加了全国青工"五小"智慧杯竞赛，并获一等奖。

杨：真不容易啊，得了这么多奖，为公司创出了效益和财富，无锡工装在行业处于什么地位？

奚：从 1995 年开始，我进入到技术经营部从事销售工作，在销售部门的 17 年时间里，我带领销售部门，把企业的销售业绩从原来的几千万提升到十多亿，我们无锡工装的产品在国内调节阀市场的占有率名列前茅，无锡工装的品牌在中国自控行业内有口皆碑，深入人心。

杨：哦，对工装品牌您怎样理解？

奚：为庆祝改革开放40周年，我参加了第五届中国行业影响力品牌峰会，感知新时代下的挑战与机遇，尤其是中美贸易摩擦的环境下，我们现在不应该再去研究品牌，而应该去研究中国认证，这意味着我们中国要拿到自主权，意味着我们中国每一家企业要在时代中亮相。对我们来说，中国的仪器表行业，相对于国外来说起步比较晚，我们距离国外，还有一定的差距。而国家目前对智能制造、高尖端仪器仪表的可靠性、安全性、环保等的关注，对我们仪器仪表来讲正好是个春天。

杨：您对行业经济，尤其是国内经济如何看待？

奚：我对我们公司KOSO的产品，特别看好，对整个中国经济也是非常看好的。我们身处无锡制造行业的制造研发地之一，肩负的责任重大，实际上中国自动化控制行业的提高，给中国的效率和中国人的幸福指数提高了一倍。在长三角一带，掌握核心技术的小型企业比比皆是，所以我吁请社会各界对我们实体经济给予更多的关心和关注。

杨：您作为行业杰出代表之一，参加了第五届中国行业影响力品牌峰会，与央视著名主持人康辉的巅峰对话，主持人是怎么说的？

奚：主持人康辉老师对我的发言表示肯定与赞赏，其实质上是肯定行业的发展。因此，我十分看好未来的自动化发展。无锡工装将继续发扬工匠精神，保证产品的可靠性和安全性，打造智能化工厂，将智能制造融入生产管理，提高效率和服务水平。

杨：您能谈谈企业领先同行的原因吗？

奚：以前的阀门是以手动阀门为主，气动和电动阀都是国内统一设计，结构简单、笨重、控制精度低，阀门产品的加工都是由普通车床等来完成，阀门外形粗糙，尺寸误差大，国内生产产品与国外产品真有天壤之别。改革开放后，我们引进了很多数控车床以及加工中心、智能立体仓库等自动化设备，通过高精度设备制造出来的控制阀，在质量上大大提升。我举几个例子：无锡工装在2018年6月率先在全球工装集团实现；调节阀产品制造实施ERP信息化管理系统，实施全面MES生产过程执行管理系统；业务部门采用无纸化办公管理OA系统。无锡工装生产经营管理初步实现了控制阀生产的智能化、信息化、自动化。细节保证品质，企业从而走向行业领先地位。

杨：作为一家独资企业，你们是如何开展企业文化的？

奚：我们每年举行一届员工运动会，比赛项目有田径类，还有趣味比赛，如背球接力、自行车慢骑、跳绳、踢毽子、定点投篮等。平时还有拔河、打乒乓球、打篮球、打羽毛球、钓鱼、踢足球、演讲、徒步等比赛或活动，员工文体生活丰富多彩。

杨：除了开展文体活动，还有没有志愿者一类的活动？

奚：有的，我们还有对宜兴的助学活动，如"爱心托起希望，贫困小学助学捐款"，仅2016年就发动员工捐献2万元，并举行捐款仪式，与西园里社区开展走访活动，另有志愿者活动、公益活动等。

杨：企业发展到这一步，产品质量到底用什么来保证？

奚：质量是制造业的生命，可以说是企业的灵魂。作为日本株式会社在无锡的独资企业，无锡工装继承了日本工装产品特点，并以"高度先进的技术""品种齐全的产品""强大有力的销售"和"细致周到的服务"作为四大支柱，始终致力于开拓和创新，适应中国经济高速发展，及时响应客户要求，为客户提供完美的解决方案，实现与客户的共同成长。

经过多年的努力，我们无锡工装先后通过了ISO9001质量管理体系认证、ISO14001环境管理系统认证、ISO45001职业健康安全管理体系认证、美国石油协会 API6D 认证、欧盟 PED 认证、俄罗斯 & 白俄罗斯 & 哈萨克斯坦地区海关联盟 CUTR 认证和各类产品性能及安全认证。这些认证从制度上、管理上、技术上确保了质量的可靠性和安全性。

杨：上午人事部蔡振宇副部长陪我参观了两个工厂，我看到了铸造和流体生产加工的两个车间，发现生产工人或叫技术工人，年纪都比较大，您是怎么看的？有哪些培训措施？

奚：杨老师您看得很仔细，这个问题确实存在。现有的技术工人大多是从原来国有企业带过来的，这些工人年龄将近 50 岁，有些已 50 岁出头，他们是生产中的骨干，是他们扛起了大国工匠的使命。阀门的生产制造离不开技术工人的精雕细刻，所有的阀门整机出产都需要精确的人工装配，这完全是一种手工制作，具有很高的技术含量，更加确切地说，他们是高技能人才。从无锡制造业的大范围来看，80% 都缺技术工人，因此，我们每年也引进一批技术工人，作为第二、第三梯队，年龄相应有 30 多岁、40 多岁的。我们通过老带新、老带青，培育"智慧工人"，目前，基本能满足生产能力和制造需要。

我们还经常推荐技术人才参加"无锡技能精英大赛项目""全国仪器仪表制造工职业技能竞赛"等，

设立新员工指导师傅的规定，实行员工奖惩规定，从制度上奖勤罚懒，鼓励高技能人才和工程技术人才培训等方面同等待遇，建立技能水平与薪酬等级挂钩制度。这里，我要多说几句，从我们公司现状来看，一方面，蓝领阶层要有干一行、爱一行的热情和态度，扎扎实实，任劳任怨，每个岗位都能发光发热，创造价值；另一方面，企业也要有激励机制和职场晋升空间，最终实现双赢。

杨： 奚总，今天耽误您很长时间，问您最后一个问题，公司今后发展方向和规划是什么？

奚： 随着中国经济从高速度发展向高质量发展转化的关键时期到来，我们要牢牢抓住这种转变的发展机遇，国内外的重点工程、重大装置对高质量、智能化、数字化的自动化仪器仪表产品要求将会越来越高。

无锡工装今后几年要以市场导向为目标，深入发挥工装产品国际品牌效应，运用工装集团全球发展战略，结合中国自身发展需要，走出一条适合"国际著名品牌，国内本地化匠心制造"的成功之路。

企业要以实现工厂智能制造为契机，积极做好开拓精品市场、提升产品技术、优化生产效率、提高产品质量、为客户提供优质服务等全方位的工作，大力提倡：人无我有、人有我优、人优我精的生产经营理念，以工匠之精神来制造高品质的自动化调节阀产品。公司今后几年发展方向和规划如下：

打造精品市场，开发高端调节阀产品，以性价比优的部分国产化阀门产品来替代国外原装进口产品，提高产品核心竞争力，大力发展大口径、高压、高温、低温等附加值高的苛刻工况调节阀产品。全面实施阀门生产智能制造，建设数字化工厂，提高生产效率，降低生产成本，实现工厂生产智能化、自动化、信息化、数字化。

坚持全员质量和服务意识，着力实施工装调节阀质量品牌战略，全面提升企业质量管理水平，争取5年之内打造国际调节阀行业公认的国际一流品牌。强化安全环保意识，培养富有社会责任的企业，时刻消除一切生产安全隐患，全员重视环境保护，成为一个勇担社会责任的优秀企业。让中国制造的调节阀产品走向世界，向世界充分展示中国产品的高品质。

杨：谢谢奚总，您这么忙，还十分热忱接待我的采访。

奚：不客气，谢谢您对我们公司和对我的关心，请杨老师常来走走，再次表示衷心的感谢！

人物素描

采访手记："太湖明珠"是世人对无锡的赞誉，无锡是一座历史文化名城，鱼米之乡，它是我们民族工业的发源地之一，也是乡镇工业的摇篮，所以众多工业化企业，在这里应运而生。奚烨锋在这儿出生，大学毕业后，就进入一家品牌国有企业——无锡市仪表阀门厂，没想到这一干就是33年，现在他是这家公司的常务副总经理兼管理者代表，每天的生活就是家庭、公司两点一线。从国有企业中走过来的人，经历过大变革，公司曾面临裁员、破产等一系列问题，奚烨锋是公司发展的见证者、奋斗者、开拓者，到现在成为引领者、指挥者和实践者，他用自己的勇气、胆识、魄力、魅力和智慧，勇立制造业的潮头，每天思考着公司的发展与未来，运用"人机结合"，为公司走向世界跨出了一大步。

通过采访，透过"工装"，我们看到了"工装"自己的选择，他们在大潮中敢于拼搏，做到了强者恒强，取得如此骄人的成绩，实不容易。观察企业发展的好坏，不能囿于过去，满足现在，更要看未来的发展，面向未来。当今，制造企业已经不是传统意义上以单纯生产某种产品营利为目的的制造场所，而是承载民族优秀文化的平台和推动文明进步的动力场。无锡工装已修炼出"独门"利器，在奚总带领下，企业将夯实基础能力，打造具有战略性和全局性的产业链，围绕"巩固、增强、提高、畅通"方针，发挥企业家精神和工匠精神，培育自己特定的"专精特新"企业，在市场大潮中，以企业熔铸基业长青的活性因子和灵魂，使工装阀门愈加光彩照人，永远立于不败之地。

问鼎无锡造，铸就质量魂。刚健笃实，辉光日新。工装阀门26年栉风沐雨，26年砥砺奋进，26年成绩斐然，已走在行业阀门的最前列，成为阀门行业的领跑者。他们将融入"一带一路"，一步一个脚印，奋力拼搏，不辱使命、求创新，在新使命、新征途中，爬坡过坎，进无止境，实现高增长、新飞跃，书写新的篇章。

日就月将，精进不止。有本可立，有源可溯，开拓创新，自信温和，奚烨锋和他的优秀团队，豪情满怀奔未来，必将在新时代为制造业做出新的贡献！

古德电子　科技骄子

走进位于滨湖区隐秀路 218 号的无锡市古德电子科技有限公司，环境整洁，窗明几净，生产车间一尘不染。这是一家从事计算机、通信和电子设备制造的私营企业，主要业务为电子产品的研发设计，电子器件、电子元件及组件的制造。它于 2001 年 7 月成立，注册资本 1000 万元，法人刘海峰，因是一家涉密等级较高的单位，采访参观也受部分限制，故本文笔触仅以人物励志故事展开。

红色基因　创新创业

采访刘海峰，一见面他就给人一种聪灵、睿智、虎虎生威的感觉。刘海峰 1974 年 12 月出生，生肖属虎，个子不高。自称"红三代"，祖父当过红军，父亲是军人，他本人也当过兵。三代从军，与一般家庭有着不一般的经历。刘海峰 1990 年就读于中国人民解放军信息工程大学无线电专业。1993 年分配到五十六所当印刷线路班的操作工，虽属军官身份，干的却是普通工人的活，但他并不看重这一点，而是脚踏实地，从基础实践做起。正是因为肯吃苦耐劳，从一线做起，他也学到了不少实用知识。从个人经历来讲，曾收过旧货，开过理发店，在新世纪商场卖过服装等。历经风雨磨砺，通过专业知识学习，善于逆向思维。于是，他于2001年在个私园区创办了古德电子科技有限公司，当时缺乏资金，还向街道借了30万元。经历20年的打拼，已见彩虹。企业也培养了一批机械、电子人才，现年产值已达4000万元，税收达800万元。企业效益每年提速增长，还把人心糅合在一起了。

因单位性质原因，不便宣传，故刘海峰为人很低调，只说不做，但他思维敏捷，谈吐中不时闪耀着思想的光芒。他印象最深的是在部队的历练，他常套用在服役期间队长说的话——"士为知己者死，没谈过钱""知心者带队伍"。话语朴实、朴素，但用到企业管理上也很实用、很管用。他正是引用了领导的总结性经验，用智慧、经典和哲理来领导好一爿厂、一个公司、一支队伍。目前，公司常举办创新大赛，锻炼队伍，对员工知识更新几乎从不间断。他亲自授课，用最先进的理念、最前卫的思想、最科技的手段，争当行业的标杆。岁月静好，乃须负重奋进。该公司与中国航空工业总公司、中国船舶重工总公司、中国电子科技总公司、中兴通讯公司等紧密合作，订单纷至沓来。上水道畅通，产品质量可靠稳定，社会信誉良好，员工收入高于全市企业人员平均工资，企业经济效益良好，公司正不断超越自己，在时代浪潮中永不止步。刘海峰坚持赓续红色基因，传承好的家德家风，励志创业，在科技领域斩浪前行。

负重前行　华丽逆袭

谈起开办公司的原因，刘海峰语气轻松，好像是一件很容易的事。其实不然，这中间有人生感悟，有对未知的探究，有敢于亮剑的勇气。走进装配车间，须穿上轻盈的清洁服和工作鞋。刘总强调这是生产保密产品的车间，因此，笔者也只能看看流水线，默不作声，当我问成品在哪个车间，他更是语气加重了说："那是绝对保密的，外面的人都不可去看。"采访也要循规守矩，保密工作，慎之又慎。刘海峰是千万个科技队伍中的一分子。守口如瓶为的是逆袭人生，梦终成真。在企业管理中，有一个重要的课题，即供应链。譬如先进制造技术的进步，产品的商品寿命会缩短。如何使企业从战略级到技术级、操作级，这管理问题决定企业的成功兴盛与否。而刘海峰正是紧紧抓住这三个重要环节，从决策系统深层考虑，终使科技开花，旭日东升，艳阳高照。古德公司以科技进步和产业升级，推动"中国制造"向"中国创造"腾飞，始终着眼使命担当。2018年12月，刘海峰被江苏省电子学会SMT专业委员会、江苏省电子学会组装自动化委员会授予年度"杰出贡献奖"；2019年被无锡市滨湖区委组织部、滨湖区人力资源和社会保障局、无锡市滨湖区科学技术协会评为"滨湖区科技之星"。刘海峰现为江苏省电子学会SMT/组装自动化委员会第三届副会长。大运河之水，向南流去，流向太湖，汇入大海，汇入中国潮流，汇入世界潮流。

精神奠基　续写新篇

　　刘海峰在与笔者交谈中，常谈到语文老师、作家对他的影响，他眸子里闪动着灵秀之光。他像一只用灵敏的思维触角伸向未来的天空，捕捉理想的小鸟，小鸟沐浴着希望与激情。企业不大，但在高科技领域中占有着一定的地位。经市场洗礼，羽翼已丰，雏鹰展翅。研究高可靠性能产品，这是他的人生正确的选项，他喜欢，他坦然，他热爱。他的"思维超链接"，跳跃到更高、更宽、更远的画面：重新布局办公层设置，将二楼全面布置成产品展示室，中船、中航、中电、中兴等企业将有尖端高科技产品亮相于此。这里是高可靠性能产品的样品陈列室。纵观他的企业，已不仅仅是以单纯生产某种产品营利为目的的制造场所，而是推动科技进步的动力场。

时代以它轻盈的脚步留下美好的回响。他的办公桌旁，全是制造业、计算机等方面的教科书，办公场所都是教仪设备。看到这，笔者心里充满敬意。企业是经济实体，其背后是知识的积淀。

曾记否，老一辈科技工作者提出"干惊天动地之事，做隐姓埋名之人"。今天在古德电子事业中，这一精神没有失传，采访结束，刘海峰一再说他这个企业从未有人来采访和宣传过，最好不要写他。

人是要有一点情怀的，科技强军之路就在脚下，靠实干铸就梦想，共和国不会忘记，人民不会忘记。

走出古德电子公司，门口就是美湖路、隐秀路，两条美名路仿佛告诉我，美湖映古德，古德照隐秀。古德如太阳光耀眼，如红火永兴旺。

直挂云帆济沧海

——记无锡市弘业新型建材有限公司董事长陈云强

题记：全新生态的社会，复杂多元的时代，装配式建筑已成为新的建造方式，是推进供给侧结构性改革和新型城镇化发展的重要举措。一个草根出身的农家之子，虽学历不高，但在建筑材料使用上取得了成功。他的心中，到底揣有怎样的"成功秘诀"？

建筑工匠

其实，在24岁之前，陈云强并没有什么理想，只是想有一份稳定的工作。

1966年他出生于宜兴市周铁镇王茂村一个偏僻的农村，父亲是一名建筑工人，家境虽比赤贫略好，但也只是聊以温饱。24岁时，陈云强就到了宜兴一家建筑公司，当泥水匠，做小工，一干就是五六年。虽条件艰苦，苦脏累险，在脚手架上爬高爬低，但也学会了一门技术，学会了做人的道理。

没有任何背景，不懂社会，更不会走关系。很快，陈云强靠自己的聪明才干，做了更适合自己的工作。到29岁那年，已到无锡市太湖耐火材料厂做起建筑工程来了。记得做的第一个高层建筑是无锡市人民路上的健康大厦。万丈高楼平地起，从看图、放样、打桩、砌筑、粉刷、扎钢筋、施工管理到封顶等，他一样一样认真管理。紧接着，30岁时，到上海承接了华东师范大学体育馆工程，其建筑面积达2万多平方米，投资商为台湾方，设计单位为同济大学，总承包单位为无锡市建筑工程总承包公司。陈云强作为项目组的主要负责人，全靠经验、知识和实践的积累，以质量和安全当家，不送礼、不搞歪门邪道，日夜值守工地现场，协调监管施工质量，又成功地树起了建筑样板。

什么叫殚精竭虑？什么叫吃苦耐劳？什么叫夙兴夜寐？什么叫披肝沥胆？此时的陈云强心中有底，心中有数。在大上海要打响一个工程项目，是何等不容易啊！在他身上，却有着一种特殊的魅力，成功靠打拼，成功靠努力，自信是成功的基石。

人们都习惯称呼他"阿福"，其实，他的名字中，没有一个"福"字，仅是人长得有些福相。在主业取得很大优势时，又在市中心创办了一家餐饮酒家：阿福楼酒店，阿福的名字传遍锡城。酒店做得红红火火，无锡城里的顾客，尤其是做寿、举行生日宴、朋友聚会等都欢喜到阿福楼，"阿福楼"，多么吉利、有福的名字啊。

创办企业

陈云强，综合素养高，可塑性强。告别当年的青涩，如今已成正果。对市场的行情，号准脉搏，他选择了一个更宽广的舞台、更适合的岗位、更准确的人生坐标。

他于2004年，在宜兴周铁镇创办了无锡市弘业新型建材有限公司，宜兴周铁镇是举世闻名的陶都。公司占地5万平方米，建筑面积2.5万平方米，总投资1.1亿人民币，公司现有各类专业技术人员120余名，其中高级工程师15名，工程师16名，助理工程师25名，技术人员60余名，技术力量雄厚。

当前建筑市场提倡绿色、环保、节能、保温，而生产能耗低的新型墙体材料，是墙体改革的发展方向。国务院办公厅曾专门发文，提出大力发展装配式建筑，以利于节约资源能源，减少施工污染，提升劳动生产效率和质量安全水平。基于此，陈云强找准了定位。2004年宜兴地方政府招商引资，筑巢引凤，政府以优惠的地价，鼓励企业进驻工业园区。陈云强遂于2004年创办了弘业建材，主要产品是蒸压加气混凝土板（ALC板），广泛应用于民用建筑。

企业制胜的关键是品质，品质赢天下。弘业建材对所生产的 ALC 板，采用最先进的工艺流程、最严密的质量监控体系，使 ALC 板材生产工业化、标准化、安装产业化，且具有稳定性、安全性。

与混凝土空心砌块相比，ALC 板材这种新型的复合墙体保温材料重量轻，强度高，施工快捷方便，工程造价低，隔热保温又环保，还具有耐水性、绿色环保性、隔音性、轻质性、抗震性和承载性，因而广受用户单位欢迎。

人生的道路上布满了实干的足迹，一个奋斗者情醉于新型建筑材料，用生命时刻镌写"开拓进取，实干兴邦"的责任担当。

陈云强和他的弘业建材已走过 16 个春秋，他一再说："我属于企业，不要写我，多写企业，企业属于社会。"

开拓创新和发展是企业生存与发展的灵魂。陈云强在创建弘业建材的基础上，还投资创办了江苏土根法弘业建设有限公司（简称业弘科技），公司于 2018 年成立，位于无锡市滨湖区五湖大道蠡湖科创中心，该公司是一家集蒸压加气板材经销、设计、施工为一体的专业施工企业。对施工作业来讲，这种板材可锯、切、刨、钻等，灵活方便、速度快、质量好、不开裂、安装科学合理，能确保墙体在平面外稳定安全。弘业建材与业弘科技是建筑墙体企业的姐妹花，是绿色环保的科技先锋，它们为传统建筑的装配开辟了新的天地。

创业的双脚在前进的道路上留下了深深的足迹。

眺望浩渺的太湖，陈云强心潮起伏。

时间是一本书，轻轻地翻，就会出现新的一页，就像鲁班的手指被树叶划破，牛顿被树上掉落的苹果砸到脑袋，便改写了人生，造就了事业，创造了历史。

陈云强以一种不经意的方式，悄然改变了建筑材料的用材方式、装配方式。

回顾这些年的创业历程，陈云强用四个春天来描述：第一个春天，是上级的英明决策，政府有关部门的支持，改革开放为民营经济吹来了"第一股春风"；第二个春天，是市场经济天地宽；第三个春天，是开拓了新型建材的舞台，使弘业企业、业弘科技有了施展抱负的空间，企业有了更广泛的业务拓展；第四个春天，是力争打造新时代民族品牌，让实体经济斩浪前行。

逐梦永续

一个优秀的企业，是创造更大的社会价值、产业价值和市场价值，这中间企业家要心无旁骛、有深耕理念，也更要睿智统筹、从容指挥。为此，陈云强做到了以"进"的信心、"紧"的节奏、"新"的作为、

"稳"的定力、"深"的知识，擘画出未来发展方向，逐梦开创永续新型建材、新型能源的新时代。

陈云强兴趣爱好广泛，源于良好的修养，他爱运动、爱音乐、爱读书、爱交友，为人谦逊，做人低调。

荀子曰：上不失天时，下不失地利，中得人和，而百事不废。砥砺奋发，坚忍执着，产品的创新在于：不嚼别人吃过的馍。陈云强他做到了，他愿做城市建设的绿色的担当者。

弘业建材的标志，是月亮、太阳、星星的组合，月亮象征艰辛的过去，太阳寓意辉煌的现在，星星代表灿烂的未来。展望未来，无锡市弘业新型建材有限公司将致力于改善人类旅居环境，为保护自然资源做出贡献，在市场经济的大潮中，劈波斩浪，行稳致远。

长风破浪会有时，直挂云帆济沧海。

工业园区的拓荒者

蠡湖，是一片富饶和希望的土地，这里的山水、物产滋养着太湖儿女，一方水土养一方人。一个草根出身的农家之子，何以成功？他到底怀揣着怎样的成功秘诀？蒋金伦，蠡湖乡长桥村高车渡西后巷人，生肖属牛，是共和国同龄人，1949年9月出生。初次见面相约在滨湖区老干部活动中心，他戴着一副眼镜，清秀、斯文，讲话慢条斯理，很有学养，采访从他的个人经历谈起。

出生于草根　"泥腿子"本色

1965年9月，蒋金伦初中毕业，进入无锡市溪南农技学校学习，梦想成为一名农业技术人员。当他满怀信心开始学习农业专业知识和基础理论时，"文化大革命"开始了。按照当时政策，他回到了生产队，参加了队里的农业劳动，可算作是一名回乡知青。谁都知道，干农活是很辛苦的，但艰苦的劳动和繁重的农活并没有压倒他。他刻苦耐劳，磨炼意志，一件件学，一桩桩干。由于肯干实干，生产队根据他的表现，于

1969年12月分配他到北塘区商业系统半工半农，干了3年。1973年7月，因工作需要，组织上把他调回去当了生产队长。可以想象，当时的农村是落后的，农业是低效的，农民是贫穷的，生产队长岗位是乏人问津的，事实上当生产队长是一个苦差事。生产队就是蠡园公社长桥大队（现蠡湖街道双虹社区）桥西四队，紧邻蠡湖，有粮桑、旱地130多亩，170多口人，农业劳动力40多人。生产队长不是官，但要干，实干兴邦。当时他风华正茂，年轻力壮，且有一定的文化知识，处处起表率作用，虚心向老农求教，从不懂到在行，从生产到管理，很快从"泥腿子"成为一名行家里手。

1975年"三夏"大忙期间，患疟疾，发高烧至40℃不退，家属等十分担心其生命不测。住在市五院近一个月，但他仍惦记着队里的农活。其间，常偷偷跑出来与社员一起劳动，如期完成双抢任务，取得了粮食丰收，赢得了干部群众的称赞。

在当生产队长期间，他注重积肥，鼓励养猪，科学安排茬口。在抓好粮食生产主业外，充分利用桑田旱地大搞多种经营。桑田套种蔬菜，旱地种植果蔬等经济作物，做到了粮食增产，收入增加，果蔬供应锡城市民。一分汗水，一分耕耘，一分收获。他所领导的生产队，粮食单产在全公社一直名列前茅，社员的收入处于公社、大队领先地位。"泥腿子"干得踏踏实实，很出色。他于1976年6月光荣地加入了中国共产党。1977年起，连续4年被评为"无锡市劳动模范"。

"泥腿子"转行　创建工业园

1978年10月，他担任了副大队长，后又以副代正分管农业和多种经营，在大队党支部的领导下，积极调整种植结构，引进柑橘和葡萄，对传统的粮、桑、蔬菜生产也决不放松，大队农副业生产取得喜人成绩，受到上级表扬。1982年10月，组织上安排他担任乡办蠡园水产养殖场书记、场长。他从未养过鱼，须从头开始。从6月份开始，每隔一两天就要围网牵鱼，这是一项辛苦活。二三十人半夜12点开始作业，到凌晨4点多将鱼运到水产公司，供应市场。工作十分劳累，但他坚持每次和场里员工一起劳作，从不缺席，翌日继续上班工作。

榜样的力量是无穷的。1983年汛期，太湖流域暴发洪水，而养殖场是围湖而建的，数千米围堤随时有溃漏的危险，渔场危在旦夕。受公社党委命令，须保护渔场，保住财产。他奉命组织抢险队伍，吃住在单位，堵管涌、填凹沟、堆堤坝，坚守30多天，保住了200多亩鱼池和场部所有的集体资产。共产党的干部就是这样干出来的，什么是动力，什么是目标？这就是动力，这就是目标！

改革开放，苏南乡镇企业异军突起。1983年12月起，蒋金伦转战到工业战线，担任无锡自行车配件五厂书记、厂长。从未涉足工业的他，带领400多名职工，不怕艰难，奋发进取，狠抓产品调整和开发，抓产品质量。发扬"四千四万"精神，强化企业管理，使一个小厂的产品从普通自行车零件扩大到铝合金零件、自行车和助力车整车。企业规模迅速扩大，销售收入和经济效益上了新的台阶。他还当选为无锡市党代会代表，被评为市优秀共产党员，多次被评为无锡市"明星厂长"。

1996年11月，蒋金伦担任了蠡园乡党委委员、副乡长，分管工业生产。到岗后接受的第一项任务就是负责着手乡办企业的转制，并指导各村的企业改制工作。改革开放以来，乡镇企业作为农村经济的支柱发展越来越快，规模越办越大，但是原有国有企业在管理模式、运营机制、用工制度等方面的弊端逐步也在乡镇企业体现出来，企业原有的发展优势逐步消失，乡镇企业内部机构增多，人浮于事，职工大锅饭思想、铁饭碗意识浓，亏损企业的比例有所增加，问题企业越来越多，政府处理这些企业的手段越来越少、压力越来越大。在这一关键时刻,区委、区政府作出正确决策,对乡镇企业进行全面改制。按照彻底转制的要求,乡党委迅速行动作出部署,全乡企业改制工作全面展开。

1996年底,首先在乡办无锡市石油仪器设备厂进行转制试点,开始在企业内部进行广泛宣传发动,再是认真提名转制候选人,然后按照公平、公正、公开的原则,明确转制对象。与此同时,企业进行审计、清产核资、明确企业转制标的,完成改制协议的签订。短短两个月时间试点工作顺利完成,转制协议得到党委批准。1997年初企业改制,在13家乡办厂和130多家村办厂全面展开,当年就基本结束。由于对改制工作的重视并且保质保量地提前完成,乡党委得到了区委、区政府的表扬。

改制后企业的决策、管理、用人等各项机制发生了很大的变化,企业得到了快速发展,民营企业大量涌现,很多小而散的工厂在全乡各村无序布局,不利于企业的培育和发展。在这关键时期,无锡市委下达了关于大力加快发展私营企业的决定,决定在无锡县硕放和郊区蠡园筹建私营经济园区。1999年3月,蠡园私营经济园区正式成立,市领导到场挂牌。蒋金伦兼任管委会主任,他迅速进入角色,加班加点,克服困难，项目立项、土地批租、招商引资等各项工作交叉进行，园区建设、规范管理、企业服务等同时并举，仅用短短3年时间，就使园区粗具规模。400亩地的园区产出了上亿元的税收，促进了蠡园镇级经济的发展，他也受到了江苏省科技厅的表彰。在此期间，蒋金伦最大的贡献是创建工业园。

乡镇建造工业园，前无先例。他根据上级党组织的安排和决定勇做"吃螃蟹第一人"。经过3年打造，3年呵护，使蠡园乡一跃成为名列前茅的经济强镇。从地理位置上看，蠡园乡位于太湖之畔，是一块天然的聚财和吸金宝地。由于上级决策正确，团队精诚合作，湖山变成了金山，变成了富矿，变成了财富。

园区初创时，企业都很小，或多或少存在这样那样的问题。如有一个电子企业刚进园时，提出仅租赁半个车间1000平方米的厂房。面对这一情况，他不是一推了事，而是认真分析企业状况，觉得目前企业虽小，但产品前景很好，工业装备很先进。随即他主动和企业衔接，不仅满足了企业要求，而且为他们预留了一年另外一半车间。企业知道园区增加了费用开支，增加了管理难度，也非常感动。果然，该企业第二年拿下了整个车间，企业发展越来越好，很快成为蠡湖街道的骨干企业。

为了做好服务企业工作，蒋金伦和他的团队，对入园企业都一一作认真分析和调研，对老总素质好、发展前景好、技术装备好的单位，都要委派专人分工负责。从厂房租赁、登记注册、贷款融资、土地批准到厂房建设全过程跟踪服务，做到诚心待人，让企业发展有信心。如现在的豪邦电子公司、古德电子公司、沈氏轴承公司、无锡安装公司等很多企业迅速发展壮大，他们已先后成为当地的著名企业。

为企业服务，不是嘴上说说，光说不练的。有一年冬天，天空下着鹅毛大雪，蒋金伦和工作人员前往省科技厅递交申报省级科技园区的材料。当他把材料送到领导手中时，上级领导当即表示："我们已经看到了你们的工作态度，这么大的雪仍跑来送材料，你们的园区一定不会差。"当他返回无锡，已是子夜时分，却发现一天的大雪将园区的临时建筑压得"险象环生"。他当即组织成员逐一排查，并通知有关企业力排安全隐患。当蒋金伦离开园区时，东方既白，虽然一夜工作很辛苦，但心里很开心、很踏实。

传承创业史　精神代代传

昔日的蠡园工业园区经过20多年的打磨，伴随着城市化的进程和经济的快速发展，现已提档升级，整体规划，部分地段已为湖滨商业街，整个环境赏心悦目,休闲体验很棒。食客年轻化,店家精品化,街区品质化,是无锡美食文化和夜经济的一张名片。殊不知,历史是过去,能有今天周围新型商圈的崛起,和工业园区前身的突起是分不开的,当我们看到湖滨商业街现在的规模和时尚的门头,当我们作为消费者去享受差异化、高档次和多维度的休闲体验时,别忘了蒋金伦等一大批拓荒者在这里的奋斗。时代洪流川流不息,精神代代相传。

蒋金伦眺望湖滨商业街之夜,心潮起伏,神情凝重,他向我讲述了他和工业园区结缘的人生经历,他深深的脚步和勤劳的汗水,给人留下难以磨灭的印象。

时光荏苒,岁月静好。蒋金伦是千千万万个创业者中的一员,他与时代储存着鲜活的蠡湖印痕,也留存着鲜明的地域记忆。

航模冠军张红军

美国的莱特兄弟，100多年前发明了飞机。从此，人类可以飞得更高、更远，而促使这一梦想成真的，便是航模的发展。

现任无锡市陆海空模型运动协会主席的张红军，是活跃在航模领域的前行者、坚守者和佼佼者。

认识张红军，缘于认识他的优秀合作者兴祥兄，经他介绍而了解了红军。"红军不怕远征难，万水千山只等闲。"红军确实有敢于创新、敢于拼搏、敢于遐想、敢于寻梦的超脱境界。他的执着和毅力，令人感叹万分。张红军为实现航模梦想，2006年去新疆训练，在一次去机场训练途中，遇上车祸，新疆教练遭遇不幸，其他队员重伤，而张红军的头部及腿部严重受伤，但他咬紧牙关，忍痛接受治疗。在新疆和无锡医院治疗期间，他惦记航模事业的发展，在腿还没有完全恢复的情况下，撑起了拐杖去机场训练。

功夫不负有心人，成功属于勇于担当的力行者。张红军在2010年澳大利亚"南十字星杯"世界航空模型比赛中,获得国际级橡筋动力世界冠军。这正是:始于强度,成于高度;有志者,事竟成。

红军夺冠,国人骄傲,无锡光荣。

一路高歌,一路前行。运动健将张红军,1980年进无锡市航空模型队接受业余训练,1983年进江苏省航空模型队训练。1982年在江苏省第十届运动会航空模型比赛中获奖之后,在2010年至2016年,每年的全国航空模型锦标赛国际级牵引模型(F1A)中,均获得较好的名次。又于2013年在澳大利亚世界杯航空模型比赛中,再获国际级橡筋动力(F1B)世界亚军。

荣誉纷至沓来,红军闪亮,飞翔入梦。

说起张红军,不得不提到他的启蒙老师——年已84岁的黄飞虎,他已有60年航模教练生涯。被国家体委授予"新中国体育开拓者"称号,曾获"世界冠军启蒙训练奖"。黄飞虎老师在无锡航模型运动体育史上乃至江苏省体育史上都可谓前无古人。

名师出高徒。黄飞虎培养了众多的世界冠军、亚洲锦标赛冠军、国际级运动健将,为国家模型运动写下了浓墨重彩的一页。

值得一提的是,张红军是业余运动员,还是一位优秀的企业家。他创办的一家物资配送公司,曾经辉煌,成就非凡,为城市基本建设立下了功劳。他的公司激起了金属材料业、钢材仓储物流业的涟漪，推动了民营企业创新组织结构和供应链。

张红军是有文化底蕴的，他还爱好打乒乓球、游泳、旅游、书法等。

他从小就仰望星空，有拥抱蓝天的梦想，几十年来凭借动手、动脑获得智慧，从容涉世，驰骋疆场，奉献航空模型事业。至今，已领跑无锡航模运动。

张红军有数理头脑，有踪迹留芳，有砥砺前行，有孜孜追求。愿他用想象、用恒心，去拓展新的生活和美好的生命。

好人福鹏

——《庆丰桥情思》序

一个傍晚时分,好友吴福鹏送来一叠打印文稿,说是拟出一本新书《庆丰桥情思》(四川师范大学电子出版社,2021年12月版),请我为之写一篇序,我欣然允诺,花两个晚上的时间把书稿读完。答应写序,因为福鹏兄是真正值得书写的好人,但从我内心上讲,又担心写不好,就如人物素描,要画就要画像画准画好,人家一看真像其人,故两种矛盾心理兼而有之,但既然君子一言在先,也就恭敬不如从命了。

我认识福鹏兄,也仅五六年时间,是他的同学丁一介绍的。他们的班主任谈志浩老师特批同意我加入"十二中七六届(1)班"聊天群,我很荣幸和感激,通常同学班群是"原汁原味"的,我成了唯一的"插班生",是群主谈志浩老师一句话给我开了绿灯:"大家都是同龄人,杨庆鸣虽是市二中(现辅仁高级中学)毕业的,但与我们是同届生,有共同语言,以后退休了,快乐开心在一起就好。"谈老师的宽容大度,让我和福鹏兄及更多的同学们有了交集、交流和交融。

　　书稿《庆丰桥情思》共分二辑。第一辑写二棉人，篇幅达 75 篇，占全书总量的 64%，可见福鹏兄与二棉厂的情结有多深。第二辑，为旅游游记，共 42 篇，占全书总量的 36%，可见福鹏兄读万卷书、行万里路的心路历程。

　　我很欣赏福鹏兄的笔触，所写的二棉人，我们不妨把他们称为"小人物"吧，但"小人物"里见真情、亲情和友情，"小人物"往往有书写不完的正能量，有流泻不尽的人间大爱，有生命和美永恒的向往，有二棉人给岁月留下的一串串痴情的脚印。读其文稿，文笔以小见大，见微知著，于细微处见真情，二棉厂的组织形式虽已不复存在，但二棉的精神却永存。福鹏兄家里有 9 位亲人在二棉厂工作，难怪对二棉爱之深，情之切，血之浓，恐怕少有人写出 75 篇关于二棉的人与事、行与思、善和举、灵与魂的文稿。117 篇文稿，大多是近几年一挥而就，富有内涵和文采，我敢肯定地说，三分来自天才，七分来自勤奋。一个已是花甲之人，真正是"六十岁学打拳"，还有着出书的梦想，这中间有着何等的毅力、追求、执着和艰辛啊！说句实话，写作是费神费力之事，福鹏兄灵感一来，夜半三更也起来"爬格子"，写文章靠灵感和勤奋，有时灵感稍纵即逝。知识和积累是基础，写作非一日之功，福鹏兄在短短几年里，完成了《庆丰桥情思》初稿，我很钦佩，敬仰之情油然而生。

福鹏兄是好人，好在善和爱。这里摘录几节：

真情真爱二棉人。群友胡鉴钰，女，67岁，患恶性淋巴肿瘤。我作为二棉人联谊群的一员，能坐视不管，无动于衷吗？不会！二棉人的血还是热的，我提请群管理组商议，开展一次爱心募捐，捐款约1500元……

疫情期间，我们1276运动群，开展过一次声势浩大的"武汉加油"爱心募捐活动，前后共有105位师生，募得善款7750元，交市红十字基金会转交武汉人民……

2月6日，冬日暖阳，二棉群一行6人，怀揣着全群473位群友的由衷祝福，携带新春礼物，分别来到二棉厂老同志夏志俭、孙惠娟、高美珍、金丽珠、孙益根5位家中，拜个新春早年，费用均由群友陈伟和群管组成员共同爱心资助……

人间自有真情在。得知原二棉厂动力科电修组的王文清夫妇都患重病，需住院手术治疗。二棉人纷纷慷慨解囊，我将善款3000元委托网友"善待"转交情系二棉群群主夏总，以表微薄之力，祝福王文清夫妇早日康复……

在张家界观看"魅力湘西"歌舞表演时,组织方特邀请中国书画协会副主席宋斌先生当场泼墨挥毫,为八方来宾创作书法作品,并组织义卖捐赠,我与同学阿海各幸得一幅《舍得》《马到成功》,我当场将拍得的《马到成功》捐赠,我以这种参与方式,也算是我为湘西扶贫奉献一点微薄之力……

类似善举不胜枚举,正如他自己所说:"善款不论多少,一分也是爱。"是啊,人人献出一点爱,世界将更美好。

福鹏兄是好人,好在一个"孝"字。他母亲年事已高,体力不支,已不能下楼,每当他到外面办完事后,都尽快早点来到母亲身边,尽一个儿子的孝道,热牛奶、煮鸡蛋、买早点,帮母亲洗洗脚、剪指甲、梳头。母亲养育了我,我陪你到老,福鹏兄做到了。一个对母亲孝敬的人,也一定会对朋友真诚相待。反之,对父母都不孝的人,更不会对朋友真心相待。

福鹏兄是个好人,好在是一个很有组织能力的人,很有号召力、吸引力、凝聚力和影响力。他是1276运动群的群主,把整个年级12个班热心运动的人组织在一起,开展徒步、骑行、打乒乓球、掼蛋、舞蹈、摄影、自驾、旅行等活动,每次响应者众多。殊不知,每次组织活动，他先要默默无闻地打好前站，踏勘徒步线路，当大家健步走在舒适的路上时，福鹏兄已花了几倍的心血。

福鹏兄是个好人，好在写一手好文。《荷叶与露珠》《我愿是一朵小花》，是写得很好的散文，值得一读，这里不再重复他的原文，读者可去赏读。散文是对生活经验不经意的回望或在场现实的凝聚。福鹏兄对荷叶、露珠观察之细，对小花的倾诉之纯，出自忠实抒写过程的情感，并让文字随内心共同抵达对应的况味空间和审美境地。福鹏兄行笔，有文有质，笔下的文字意深语畅，很像内质实在而色鲜味美的果实，文如其人。

众所周知，数学是逻辑思维，抽象而理性，文字是形象思维，具象而感性。数学讲的是精确，文学讲的是感觉。两者是事物的两极，各有各的规律。学好两者的共同点是兴趣第一，用心第一。由此可见，福鹏兄的悟性是在一般人之上，学啥像啥，做啥像啥，年逾六旬，更喜书香常做伴，有这一良友、知己足矣。

旅行增加人的阅历和知识，福鹏兄见多识广，仅短短几年，已游历新昌、徐州、承德、坝上草原、皖南、婺源、香格里拉、玉龙雪山、丽江、湘西、黔东南、新疆、西沙群岛、云台山、皇城相府、壶口瀑布、云丘山等地，足迹遍及大半个中国，旅行之处，踏痕留墨，笔墨春秋，可称得上旅游达人。2021年3月，我有幸与他同赴西沙群岛，他的习作《枕着南海波涛的情思——西沙群岛游记》，见证了我俩的友情，见证了西沙海水之蓝。相逢是首歌，结识是缘分，为人当学好人福鹏。

　　读福鹏兄有温度的文字，是生命之舞，深层而感动。文字最高的职责是挖掘心灵，他的文章中有对生命的敬畏，对弱者的同情，对人世的关爱和对道义的守望。读其书稿，注重人文情怀，写作中体现人情、人性、人生的关照与关怀。以我之见，好的散文是可以滋养心灵的，而真正能滋养心灵的散文在本质上都是很朴素的，不做作的。当您读完《庆丰桥情思》时，是一种心境的回放，很真实，很亲近，很有味，很自然，自然得如同走进森林、草原和空旷之境。

　　是为序。

陈荣杓剪影

结 识

陈荣杓，一名陈从，字重九，斋名小北楼印室。现年78岁，无锡籍贯。中国民主促进会成员，大学学历，现为西神印社荣誉社长，也是西神印社创始人。中国书法美术家协会理事、中国国学研究会研究员、无锡市文联荣誉会员、江苏省甲骨文学会会员、中国印艺术馆馆长、洞庭印社名誉社长。

结识陈老，是在去年文友建奇兄、曙峰兄相约的一次聚会上；后又做客他家，这是第二次相识；之后，又有一次邂逅。

瞧，他家室并不大，但很雅。客厅中间艺术、文史类书籍占了一定空间，墙上有一幅他的艺友的竹雕杰作，极为精致。

哟，室内还有花花草草，盆盆罐罐，盆景绿得很透，就像要滴下来似的，那柔软而又纤长的叶子，又像春蚕吐丝，在屋里撩来撩去，那姿势充满着艺术家的灵动。

环顾四周，还有金石工作台，那小刀、小钳台、小锉刀、小印泥……一直伴随着他几十年。

陈老近八旬犹健，他治印刀法爽利，有着良好的口碑。

成　就

陈老自述，他研习金石，受业于著名篆刻家、书法家高石农先生。擅刻先秦古玺印，其作品得黟山遗韵。其篆刻理论文章散见《南艺学报》《书法艺术》《印说》等刊物，作品被辑入《全国印石篆刻作品展览作品集》《当代印社志》《当代肖像印谱》等。

他著作等身，有《篆刻概论》《篆刻艺术东传日本及其影响》《二泉映月初探》《中国名茶印谱》《姓氏溯源印谱》《京剧剧名印谱》《"心经"印谱》《无锡胜迹印谱》及《西施》（6集连续剧剧本）、《佛堂枪身》（长篇连载）、《金佛像失踪案》（连环画）等。

陈老多才多艺，在"方寸之间，气象万千"的篆刻世界里，耕耘几十年，还写了电视连续剧、小说、戏剧、散文和掌故记事，是"老无锡通"。听他一席关于地方史的话，后学者受益匪浅。

传　承

在健康路上，有天圣达艺术创作地，有专门的陈荣杓篆刻工作室，部、市、区领导多次参观、视察过。

在无锡,在艺术圈内,一提到篆刻,无人不知篆刻家陈荣杓。他待人真诚,虚怀若谷,培养了一大批优秀后辈,门下弟子数十名,对他的敬重来自内心。

金石铿锵,老而弥坚。他知道我常赠书与朋友,须签名、刻章,特赠送我一方金石印章。其印奇崛雄肆,清气袭人,得其所赠,我爱不释手。

人老笔健硕果累

这是一位86岁的老人,也是一位诗人、散文家,名叫孟敦和,现是无锡市住房和城乡建设局的一名普通退休干部。

孟敦和退休后,还担任无锡市诗歌学会会长,他笔耕不辍,诗歌、歌词、散文创作如喷涌的泉水,尽情释放。

退休20多年来,他退而不休,退休不退志,在全国各大报纸等媒体发表的诗、歌词、散文达百余篇。一方水土养一方人,太湖之水养育太湖儿女,孟敦和喝的是太湖水,他用诗、歌词、散文回报社会,回报家乡,歌颂党,赞美祖国。

可圈可点的是由中国诗书画家网、中国散文网、北京华夏博学国际文化交流中心联合举办的"第九届'相约北京'全国文学艺术大赛",面向全国征稿,大赛于2022年4月落下帷幕,由孟敦和创作的《点燃新一代青春火炬——写给谷……》的长诗荣获大赛一等奖。

可喜可贺的是今年 5 月，由孟敦和作词、钱铁民作曲、石莉娟演唱的《太湖旅情》和孟敦和作词、孟庆云作曲、徐萍演唱的《红杜鹃》作为每日一曲，被"学习强国"收录。由他作词的《太湖旅情》歌曲，意境清新，语言诗化，感情真挚，曲调新颖大气，歌声甜美动人，画面赏心悦目。杜鹃是无锡的市花，他创作的《红杜鹃》歌词形象生动，激情洋溢，赞美杜鹃花靓丽青春，蓬勃朝气，彰显无锡活力。两首歌曲被多家媒体和微信视频纷纷转发，这是无锡人的骄傲。

孟敦和生于上海松江，长于太湖之畔，为孟子第72 代孙，1956 年参加工作，1977 年入党。在人生 80多载的风雨中，心中眼望天际燃烧的云彩，脚踩梁溪大地，手持文笔，总是春风又绿笔尖，写出令读者满意的诗篇。他为人敦厚，谦逊质朴，心胸宽广，文如其人，润物细无声。

如果从时间维度往前推移，他出版的著作有自传体《岁月回顾》，抒情诗集《月光下的扁舟》《潮汐》和与袁子合作的长篇叙事诗《渔笛恨》，另有他主编的《无锡诗人 15 家》《太湖风》《无锡女诗人诗选》等，他还主编过无锡建筑行业协会会刊《无锡建筑业》。80年沧桑，80 年印记，80 年嬗变，80 年辉煌。

蓦然回首，念岁月峥嵘，留痕追梦。忆往昔，山河辽阔,高歌猛进。滋养坚毅,盼国泰民安,豪情献党。

翻看他的大作,内容丰富,文字中透出老人的积极向上、乐观进取以及智慧的力量和文化的底蕴。诚如他本人所言:"党培养了我,我已进入耄耋之年,每个人的成长都是一个时代的历史,时代碾压着苦难与血泪的碎片,推动你向前,我的片言只语,道出今天的幸福生活来之不易。"

行走在匆匆的时光里,孟敦和收获了经历,收获了美好的人生,收获了创作的喜悦,也收获了硕果,真正是晚霞别样红,散发着夕阳余晖下的醇美。

80年,是一首奋进的歌,在党的阳光雨露沐浴下,在文学创作的领域里,孟敦和至今还在默默耕耘。仅最近几年,在《江南晚报》二泉月副刊上整版发表的散文就有《美丽无锡抒情》《难忘"诗魔"洛夫无锡之行》《他用一生体味诗美——忆刘士杰先生》《梁溪书家——王季鹤》《"周末生活"与姚德云》,另有其他美文见诸报端。

斜阳脉脉映丹心,耄耋老人不了情。孟敦和痴心文学创作,精心诗歌创作,潜心歌词创新,由他创作的许多歌曲,在中央电视台、江苏电视台、无锡电视台和无锡人民广播电台播出。

诗人的作品激情洋溢，舒展秀丽，笔法细腻，抒情豪迈，当你听了他创作的歌词会心旷神怡，读了他的诗会心潮澎湃，品味他的散文会如饮甘泉。

孟敦和的作品篇篇唱响主旋律，弘扬正能量，最明显的特征是用真情实感宣传无锡，描摹太湖，在建设"小康中国""美丽江苏""幸福无锡"的壮美画卷上，镌刻鲜明的印记，这里仅略举诗名：《二泉映月》《蠡湖烟绿》《清名桥》《湖滨，走出尘封的梦幻》《三月江南》《太湖边上有颗星》《惠山银杏》……

孟敦和已在酝酿歌颂党的新篇，我们相信，他一定会给读者带来更多的惊喜，他的诗将在中华诗苑里绽放得更加鲜艳。

衷心祝愿他如他的诗一样，绚丽如晚霞，老有所为写春秋。

小小"箸"中有乾坤

人各有志,人各有趣。

在无锡城里,有位"筷子大王"名叫吴琦华,他1950年出生,今年70岁整。认识吴琦华,是几年前与朋友去大公桥堍听评弹,散场后,朋友说南下塘正好有他朋友的筷子收藏展览,不妨去看看。

吴琦华是无锡市吴文化研究会里筷子文化研究者,家住五星家园,已多次举办筷子文化展览,并赴日本、韩国等参展,受到中外游客、藏家和收藏爱好者的好评和欢迎。吴琦华早年是收藏邮票的,在集邮文化这个大众的文化活动中,已游历40多年,在收藏界已名声在外,享有一定声誉。一次偶然的机会,他居然与筷子结下了深厚的情缘,把筷子作为一种文化,对此情有独钟。当人们每天握着筷子享受一种生活热望,追求一种醇厚情感时,又有多少人在关注筷子文化艺术的现在状态?吴琦华就有这样的悟性,他说,老祖宗的传统得靠中国的后人传承。

筷子,又称"箸"。《史记·宋微子世家》曾有

"纣始为象箸"的记载。以此推算,早在公元前约一千多年,华夏大地已出现象牙筷。中国人最先用筷箸进餐,在人类文明史中,筷箸是值得自豪和推崇的科学发明,日本、朝鲜、韩国、越南等国用筷,皆由我国传入。

收藏筷箸并非易事,普通筷子满街皆有,但古箸难求。有一次,吴琦华看到一双象牙筷,年代久远,价格上万,在那个时代,这是个不菲的价格,是工资的几倍,但他内心欢喜,不忍宝贝从眼皮底下溜走,狠狠心,成交,现成了他的镇馆之宝。

对于收藏而言,光收藏是保管员,而在收藏基础上,加以研究,才是研究员。吴琦华还专门办了一张《筷子文化研究》小报,内容丰富,很有看头,他担任主编,图文并茂。筷子自己也没有想到,前世在山野里出生,历经风霜雨雪,后世会在餐桌上尝尽甜酸苦辣,并作为一种文化,有人专门来研究它。这真是:筷成佳偶,喜品人间百味;箸聚群贤,传承千载文明。

吴琦华现集藏筷子数百双,品种有金、银、铜、锡、铝、象牙、陶瓷、竹、木、牛角、塑料、玉等,仅木筷中又有冬青、乌木、楠木、天然木、胡桃木、紫檀木等。筷子的图案尽显艺术家的巧画造诣。如一双筷子上有山水、人物、台阁、鸟兽、林木等,曲尽其妙,令人赞不绝口。

吴琦华筷子文化展览展出的筷子,既有古朴风韵,又富有民族工艺特色,是自然美与艺术美的结晶。一双筷子,常在食俗、礼俗、婚俗中扮演主要角色,可谓千姿百态,有藏家撰联:"粗细一般,能试盘中冷暖;短长无别,可挑席上瘦肥","席上一双,不问川湘鲁粤;人间百态,能知苦辣酸甜",这是筷子的真实写照。

吴琦华以集筷子为乐,还常去学校、企业、机关、社区等讲解筷子文化,以讲座形式,寓教于乐。迄今为止,已作专题报告20多场,举办筷子展览70余场。

吴琦华对筷子的研究是既深又透,他熟读四大名著,发现其中都有对筷子的描写。《红楼梦》中,筷箸炫示主人的身份、地位、权势及财富。书中有"裹着一把乌木三镶银箸按席摆下""待书忙去取了碗箸""更杯洗箸""安了杯箸"等,表现出大户人家的雅致和讲究。

《水浒传》第五回"小霸王醉入销金帐,花和尚大闹桃花树"中,"一双箸,放在鲁智深面前"。第二十三回"横海郡柴进留宾,景阳冈武松打虎"中,有把三只碗、一双箸、一碟热菜,放在武松面前的描写。

《西游记》第二十回《黄风岭唐僧有难,半山中八戒争先》云:"老王道,仓卒无肴,不敢苦劝,请再进一箸。"第九十六回《寇员外喜待高僧,唐长老不贪富贵》云:"猪八戒通常不使用筷箸,很多场合是一碗白米饭扑的丢下去。"

民以食为天,食以筷为先。筷箸文化作为文明产物,承载着人类饮食及社会文化,在名著中也充分体现。

筷子文化极富哲理,一是阴阳。两根筷子的组合成为一个太极。主动的一根为阳,被动的那根为阴。在上的那根为阳,在下的那根为阴。两根筷子可互换,此为阴阳可变。二是乾坤。筷子一头方一头圆。方的象征着地,圆的象征着天。天圆地方,方形为坤,圆形为乾。朗朗乾坤,和顺畅达,吉祥顺意。三是天、地、人三才。用筷时,筷子很自然地把我们的五指分成三部分,拇指、食指在上,无名指、小指在下,中指在中。这样,天、地、人三才之道存于中矣。

吴琦华已在筷子文化中沉浸了数十年,疫情出现后,他积极倡导使用公筷,到社区为学生讲解筷子文化,推出抗击疫情纪念邮戳、宣传戳,做了大量的策划、设计工作,这真是:公筷公勺当求老幼长无恙,自食自味只为亲朋久有情。

相信他,会走得更快、更高、更远。

弦索雅韵谱新声
——记无锡市评弹团团长顾国良

无锡素有"江南第一书码头"美誉，无锡市评弹团成立于1960年10月。几十年来，无锡市评弹团造就了一大批富有成就和影响力的评弹表演艺术家，如朱一鸣、平汉良、尤惠秋、朱雪吟、吴迪君、赵丽芳、孙扶庶等，也涌现出一批优秀中青年艺术骨干，如华雪莉、王萍等。

评弹发源于苏州，发展于常熟，成熟于上海，兴旺于无锡。无锡市评弹团建团已有半个多世纪，可谓历史悠久，脉络绵延，薪火相传，生生不息。可喜的是，无锡市评弹团历经撤、并、重建、重组后，于2018年在市委、市政府的重视和关心下，再度复建，再次挂牌"无锡市评弹团"，掌门人是来自宜兴的顾国良。

顾国良，调任无锡市评弹团前，系宜兴市图书馆党支部书记，毕业于苏州评弹学校，1987年毕业后，坚持在码头演出长篇达八年之久，后因工作需要转业到宜兴群众文艺线上，曾任宜兴市宜丰乡文化站站长、徐舍镇文化站站长、宜兴市文化馆馆长兼党支部书记，宜兴电视台方言栏目《阳羡茶馆》首任节目主持人等职。现为中国曲艺家协会会员，任职于无锡市艺术研究保护所，被特聘为无锡市评弹团团长。从艺至今，他潜心评弹研究和传播，多次荣获无锡市、江苏省和国家级大奖。代表作品有《宜兴美》《茉莉花开》《运河上的桥》《东坡海棠》《风卷葵》《善行满人间》《竹海赋》《听雨》等。其中《蝴蝶双双又飞来》《千年一约》在央视音乐频道播出。2019年3月，应江苏广播电台相邀，拍摄评弹《竹海赋》MV。该MV在江苏卫视《戏影百家》专栏播出，受到专家以及观众的一致好评。

顾国良善于创新，用曲调之声情打动听众，他的表演常与文情相配合，其最胜处是"务头"。所谓"务头"，在戏曲中就是精彩的曲调与所弹唱的文字配合巧妙，做到字字斟酌，句句推敲，听后舒坦，回味无穷，加上优美的影视背景，使评弹艺术更精彩，更能牵动听众的心。

说起顾国良，今年在打赢疫情防控战上，他发挥了评弹轻骑兵的作用，在春节的第一时间，创作了《众志成城缚苍龙》，作词王建平，作曲和演唱均由他自己担纲。新作品唱道：

> 庚子年头春意闹，新型病毒起风潮。
> 武汉肺炎消息紧，三镇一时乌云罩。
> 中央决断发号召，全民抗击不动摇。
> 封城查堵控病源，万众一心只为把那病毒来赶跑。
> 白衣战士胆气豪，支援武汉热情高。
> 负重逆行浑不怕，敢向恶魔挥大刀。
> 不论生死，不计酬劳，祖国需要我就报。
> 但等疫情解除日，人民安心我欢笑。
> 万里征程万里情，全国人民责任挑。
> 同仇敌忾抗病毒，齐心合力铺大道。
> 众志成城缚苍龙，科学控治传捷报。
> 待等那春满人间花开日，
> 度尽劫波安康时，神州处处更妖娆。

他创作的《众志成城缚苍龙》评弹作品为无锡市第一个出炉的防控抗疫的评弹作品。之后，还接连创作了《万众一心送瘟神》《阻染》等评弹作品，使评弹表演艺术体现出更强的时代生命力和更美的舞台表现力。

听顾国良团长介绍，无锡市评弹团正积极创作新的剧目，经前期的采风、论证、考察，已邀请国家一级编剧陈亦兵创作了诗画评弹《江南·无锡景》，剧本主要以无锡景和历史传统、名人故事为内容，用评弹形式生动诠释无锡江南风情，如今正在紧锣密鼓地排练之中，不久将首场演出。

在顾国良团长的带领下，仅2019年，无锡市评弹团共完成评弹演出668场次，惠民演出活动近300场，远赴各地参加文化旅游推广活动。积极参加"三下乡""最美人物走基层""锡商大会"等主题巡回演出。参加公益性演出和评弹专场达33场次。虽然今年有疫情的影响，但预计年内演出场次也将达500余场，并将继续举办每年一度的评弹会书，为无锡听众带来评弹文化的饕餮盛宴。

我们有理由相信，"江南第一书码头"这一文化名片，必将继续彰显无锡城市文化的特色，让百姓真正能用耳朵听懂江南的雅、江南的韵、江南的柔，凸显江南活力四射的魅力。

弦索雅韵谱新声，沁人心脾听江南。

读杨庆鸣的散文

邹 蓝

12月2日，夜雨。我从江西婺源回到无锡家中刚坐定，杨庆鸣就带了三本他的散文集冒雨如约而来——《湖边散记》《闲云望溪月》《乡野清音》。

随后逐一读下来，确是江南味入窗，书房一片清香。

我已离开江南四十年。开始可以更多地了解无锡的旧貌和历史时，我离开无锡北上京城求学。彼时帝都旧貌尚存，因为大规模建设尚未启动，我目睹了帝都那时的面貌；而无锡江南遗韵尚存，不久后乡镇企业的崛起让江南乡村和城市发生了民生意义上的重大变化，同时河流池塘多被污染，鱼虾菱角等水生动植物从无锡近郊水系几乎绝迹。

如此一来，我倒是因为20世纪70年代末就到京生活，北京的老样貌以及后来的新变化，在我脑海里都能如同拉洋片那样定点回放。比如现在铁路公路立体交叉的玉蜓桥，20世纪80年代只是一个简易的平面交叉桥。当时西站也没有,京广线方向来的旅客列车都由此进北京站。而现在的方庄,那时是一大片菜地,外加菜农方便施肥而在田间堆积起来的粪堆随处可见。北边和平街北口,那时三环北边也没有环起来,在蓟门桥大钟寺那一段还没路,而没环起来的三环路是砂石路。和平街北口路北一个豁口,东边是中医学院,西边是化工学院。那个豁口也是菜地和粪堆,一条土路向北穿过土城遗址,通到小关外贸学院,其东门外还有一片稻田。我还看到前三门大街南边,也就是二环的外边,一栋栋新的高楼"戳"了起来。北京的城市改造由此拉开序幕——大量老胡同和原先的四合院以及后来的大杂院被拆除。民间对此有所争议,于是北京又尝试改造了一个菊儿胡同作为旧胡同改造的样板。

  这么说,是说明我作为无锡人,错过了无锡的四十年变化。只是每年一度回无锡时,待上个几天,惊讶于某传统地标建筑一带发生的突然变化,尔后剩下的日子又对新的变化一无所知。20世纪80年代起无锡如何一步步变化的,原来什么地方何时"戳"起新建筑而成为家乡新地标,我几乎一无所知。而读庆鸣的书,老无锡的气息扑面而来,能找寻一些回来。

  三本读下来,觉得可以把他的散文主题分为五大专题：老匠人和民俗，故旧亲友，旅游笔记，阅读写作，感怀。

以《乡野清音》一书收集的散文标题来看，一目了然。

老匠人和民俗：驼背大裁缝，修伞人，觅得铁壶煮香茗，闲话吃粥，尝美食、听评弹，萝卜干的飘香，修棕绷等。

故旧亲友：忆杨绛，我和台胞大姑妈，白露念友情，沈洵和他的舞台摄影等。

旅游笔记：荡口回来杂俎，天平枫叶红，象山印象（象山是庆鸣与我一同去的，从写作角度来看，他长于细腻的观察和感怀）等。

阅读写作：书香做伴总是好，文人笔下的端午节，巷子文韵等。

感怀：同学聚会莫攀比，落叶语丝，小雪念雪，只留清气满乾坤等。

实际上，专题还可以进一步细分。不过大类如此。

看老匠人和民俗，对我脑补老无锡情况尤为有价值。其他方面也有收益。比方说，读来才知道（不是《乡野清音》内的文章），无锡小娄巷有一支杨氏家族，即杨荫杭（笔名老圃、杨绛的父亲）、杨荫榆（杨绛的姑姑，抗日战争时在苏州斥责日军而被杀害）、杨荫浏（记录下瞎子阿炳《二泉映月》等乐谱的音乐学家），可谓人才辈出。

  杨庆鸣是基层党务系统领导，事务繁忙。业余品茗赏花，观察社会民俗，读书写作，与同事朋友友善交往，精神生活十分丰富。

  也是因为长期在基层工作，杨庆鸣的笔触很接地气。他的眼光，大多落在身边的一草一木，一人一事，以小见大，观察入微，落笔细腻。同时，人的意境和志向，也就在这人事草木感怀中升华了。

（作者系中国社会科学研究院原研究员）
2018 年 12 月 22 日冬至

后　记

　　人生总有退休一日，我于 2019 年 10 月办理了退休手续，而文学的道路崎岖又漫长，但永无止境，永远在路上。

　　退休 3 年来，我常阅读老作家的大作，时常将他们的书置于枕边案首，从中汲取养分，滋润心田。我习惯在手机上创作，修改起来也比较方便。有时，到了夜晚，居然倦而不困，会突然冒出一个灵感，便打开手机，一气呵成一篇似乎是自己的满意之作。望窗外晨曦云涌，我的心情释然了，因为，享受了写作的快乐。

　　文无定法，如何写好散文，我想，唯有真情流露，让纯真、质朴、清新、流畅的文风闪烁，才能吸引读者。读书是门槛最低的，而写作最高境界却在书外。

　　《凌霄花开》是近 3 年来的新作，或许略显稚嫩，不管怎样，流露的是乡情、亲情和友情，让情感拢于笔端，让真情坦露人间。

　　衷心感谢原江苏省作家协会副主席、无锡市作家

后 记

协会主席、《太湖》杂志主编、国家一级作家陆永基先生为本书撰文作序。衷心感谢苏州大学出版社倪浩文先生对本书出版鼎力相助。

谁言独木成孤舟，借得风帆济沧海。结集成册过程，这些人间温情，将成为我今后创作的新动力。

是为后记。

杨庆鸣
壬寅年秋于阳光城市花园耕读草堂